怠惰魔王的轉職條件

角色簡介

你想要什麼我都答應你，就算要我以身相許也沒有問題！

夏洛特

勇者世家的後裔。天然呆、熱情博愛，不知為何非常崇拜羅亞。

怠惰魔王的轉職條件

角色簡介

我的名字是白織，不是白痴啦！

白織

姓氏特殊的普通少年。吐槽役、膽小怕事，但十分重視友情。

GOBOOKS
& SITAK
GROUP ©

GOBOOKS
& SITAK
GROUP©

三日月書版

三日月書版

雪翼 著
泱泱大國 繪
Presented by
Xue Yi and YangYangDaGuo
02
How to Change Career
From Demon King to Hero
輕世代
FW323
三日月書版

怠惰な魔王の転職条件
How to Change Career from Demon King to Hero
ROA
CHARLOTT

怠惰魔王的轉職條件

目錄

CONTENTS

怠惰魔王的轉職條件

角色簡介

征服世界也好、毀滅世界也罷，通通交給隔壁新來的魔王去處理吧。

羅亞

第四十四任魔王。宅屬性家裡蹲，
討厭麻煩、極其懶惰。

CHARACTER FILE,ROA.

怠惰魔王的轉職條件

角色簡介

您的未來徹底沒救了。

瑟那

魔王的管家兼監護人。精明幹練、
氣質優雅，內藏腹黑毒舌本性。

CHARACTER
FILE,SENNA.

怠惰な魔王の
転職条件

第一章

愛護小動物人人有責

How to Change Career
from Demon King to Hero

「喀！」

床邊的小鬧鐘在指針走到八時準時響起，發出公雞啼叫的尖銳噪音。還沒達成吵醒人的作用，刺耳的聲音便戛然而止，無辜的鬧鐘已經慘遭羅亞一腳踢飛，摔成了金屬殘骸。

不過，即使鬧鐘宣告陣亡，也阻止不了時間一分一秒流逝。

羅亞在等待，等待那個令人心安又心煩的嗓音適時響起，喚醒日日賴床的主人。等著等著，羅亞又沉沉墜入夢鄉——那道聲音卻始終沒有出現。

再次醒過來時，已經接近中午了，任何人在這時多少都會意識到事態反常。

「瑟那卿？」

無人回應，房裡空蕩蕩的，只有他一個人。

一瞬間，羅亞竟產生一種全世界只剩下自己的寂寥感。

明明覺得那個人煩死了，但在回頭時，發現自始至終跟在身後的人不見了，卻又從心底升起一股被拋棄的感受。

老爸還有老媽……所有人都是這樣，總是一聲不響就離開，根本沒有人真正在乎過他。現在就連瑟那卿也……

迫於無奈，羅亞只得自己爬下床，在簡單盥洗後開始著裝，手法生澀地穿起樣式繁複的制服。

在領帶與手指第十次纏在一起難分難捨後，羅亞宣告放棄。反正只是少了一樣配件，整體而言還是學園認可的服裝，有誰會去在意領帶這種小事？

以往，這些雜務都不需要羅亞自己動手，他只要負責張開眼睛，脖子以下自然會有人打點妥當。

每天，早餐會自動送上前，毛躁的頭髮三兩下就服服貼貼，前一晚熨燙平整的衣物也一件件出現在身上。

在這些「魔法」的背後，都有個男人默默處理著大小事務。或許時間長了，他慢慢就視為理所當然了。

猛力甩開最後一絲煩躁的思緒，羅亞右手拎起書包，想著應該還趕得上下午的課，便空著肚子匆匆出門了。

宿舍坐落在校園之外，學生上課時還是必須路經尚在維修中的校門。一日過了早晨時段，就不會任由學生自由進出，還會派一名導師守著，抓那些遲到的漏網之魚。

至於北門和後門，兩個地方都離導師們的辦公大樓太近了，地理位置相當不好。如果遲到還直接從那裡大辣辣地出入，輕則挨一頓罵，重則勞動服務，兩者羅亞都不想嘗試。

在摸透這所莫名其妙的勇者學院的校規之前，魔王決定還是不要挑戰導師的權威——先不要。

於是，在腹背受敵的情況下，羅亞選擇了一條捷徑。一條方便、他早就想嘗試看看的捷徑，彷彿那是不良少年的一種象徵。

翻牆。

將書包高高拋過圍牆的另一端，等到物體落地的聲音確實響起，羅亞隨即模仿漫畫上看來的動作，雙手一撐，手腳並用地爬上高聳的圍牆頂端。

體力匱乏的魔王馬上就沒力了，但現在騎虎難下，他只好拚命挪動身軀，結果手腳虛軟、整個人摔下圍牆，所幸泥地上的乾葉堆減少了下墜的衝擊力。

「好痛。」羅亞摸摸摔扁的屁股，果然太久沒運動，身體已經不如年輕的時候了嗎？不過，總算是成功進入校園了。

現在，新的問題出現了——這地方，是哪裡？

在羅亞眼前展開的是一大片花圃，種植著各色植物，隨風搖晃著色彩鮮明的輕巧身軀。再過去一點，還有一座氣勢磅礡的巨大噴泉，從那裡為中心，延伸出多條錯綜複雜的小徑，各自通往不知名的去處。每一條小徑都有鮮花簇擁，其中幾條還有灌木形成的天然拱門，或是籠罩在林蔭下的木棧步道。

見此情此景，羅亞忽然湧現自己其實身在別處的錯覺。

即便如此，魔王也沒有打退堂鼓。少年隨意挑了條小徑起步，姿態悠閒，彷彿沒有肩負遭受懲罰的風險。

前進了幾分鐘後，羅亞依然沒碰到半個活人，才想著或許就要這樣永無止境地走下去時，馬上闖進了一塊僻靜的空地，一旁似乎是某棟教學大樓的紅磚外牆。

一小群人聚集在此，圍著一個坐倒在地上的金髮少年，看上去似乎……是霸凌場面？

羅亞沒有多想，逕自走了過去，沒好氣地翻了個白眼。「你們擋到我的路了。」

「嗯？」其中一人轉身看向他，極度不友善地開口，「沒看到我們在忙嗎？不過是個新生，逞什麼英雄。」那人注意到羅亞胸前的徽章顏色，態度更是輕蔑。

「弱者。」羅亞回道。

「什麼？」

「通常只有弱者才會選擇集體鬧事。」羅亞索性直接講完，「因為弱，所以才將自身的力量攀附在別人身上，以群體滋事來達成自己的目標。」

「你說什麼！」其他人也聽到了羅亞的嘲諷，惡狠狠地瞪過來。

其中一名妖精少年趾高氣昂地走了過來，交叉雙臂，淨白的臉上滿是嫌惡，「你算哪根蔥？在我看來，單獨一人的你才是弱小的生物。」

世界上的種族繁多，各自發展出獨有的文明及語言。為了方便不同種族互通往來，各大陸的掌權者聯合創造了一套便於聯繫的工具，其中一項就是通用語。同時頒布法令，強制所有人學習，所以跨種族溝通不是什麼阻礙。

「弱小不取決於數量上的多寡。」這倒是真的，魔王其實只需要動一根指頭，在場所有人都會瞬間化成空氣中的塵埃，當然前提是得恢復全盛時期的狀態。怠惰了那麼漫長的時光，早就無法像幼時那樣隨心所欲了。

「還有，你們到底要擋在這裡多久？好狗不擋路。」這句話應該是拿來這樣用的吧？

這下，以妖精少年為首的少年少女徹底被激怒了。

「如此狂妄的口氣！」妖精少年的表情更是臭到了一個極致，「你知道你在跟誰說話嗎？我們六個人都是特A生，你知道這代表什麼嗎？」

「特A生。」羅亞咀嚼這三個字，「那種東西很厲害嗎？」

「少來了，你怎麼可能不知道！啊對了，你不會是想故意引起我們的注意吧？」妖精少年眼中鄙視的味道更濃，似乎把魔王認定成趨炎附勢的人，「特A生在這所學院裡等同特權階級，可別把我們與你們這些普通生混為一談了。聽懂了就快點給我滾，趁我還沒有改變心意！」

魔王不悅地微微皺眉，他不喜歡這人的說話態度。他在老家時也沒那麼欠揍，眼前這傢伙的討厭程度絕對在他之上。

然而，羅亞卻沒有回答的意願，逕自繞開礙事的路障，走到這群人方才的視線集中處，也就是不久前他們圍繞的中心。只見地上半躺著熟悉的金髮少年，模樣有些狼狽，沒有衣料覆蓋的地方幾乎都受了傷。

魔王面無表情地低頭，周身的溫度卻明顯下降，聲線異常冰冷。

「這是，」魔王轉過身，銳利的視線掃向後方那群人，「你做的嗎？」

「是又怎麼樣？」被這樣當眾質問，妖精少年高傲的自尊受損，怒火再度攀升，「我們要讓這小子懂得知難而退。雖然不知道他是怎麼樣通過分班測驗的，但像他這樣的人根本不配待在特A班。」

「所以，你們就擅自決定……」魔王下意識地抿唇，像是在隱忍著什麼。胸口有股陌生的情緒肆意滋長、蔓延，讓他極度不爽。「只是因為這種微不足道的理由，就隨便地……」

「就算你告訴導師也沒用，因為我們是特A生。」似乎猜到他會說什麼，妖精少年搶先一步拋下狠話。

「誰說我要那樣做的？」魔王輕輕挑眉。他懶得把事情鬧大，那樣只會產生許多麻煩事，所以只是簡單地說：「人我要帶走。」

羅亞彎下身準備抱起金髮少年，無法忍受被無視的妖精少年立刻上前阻攔。然而還沒碰到目標，他的手臂就被一隻強而有力的手牢牢握住，痛楚隨即襲捲而上。

妖精少年訝異地抬起頭，目光卻落進一雙幽深如潭的眸底。

「沒有經過我的允許，不要隨意靠近我。」他的語調沒有絲毫起伏，卻讓人不由自主地緊張起來。

妖精少年縮回手，大口咽下唾沫，額角冒出冰涼的汗滴，原本還想說些狠話來壯聲勢，卻下意識地噤了聲。那雙眼僅僅只是沉默地看過來，就讓人感到一股莫名的戰慄，以及隨之而來的巨大壓力。

「你，別以為我會就這樣輕易放過你！」心有不甘的妖精少年忽然面目猙獰，拿出一把鋒利的匕首，以迅雷不及掩耳的速度突進，力量瞬間爆發，往面前看似瘦弱的少年砍去。

「真麻煩，同樣的話不要讓我說第二次。不是說了嗎？沒有我的允許不要隨意接近我，那怕只有一公分。」魔王忍不住抱怨，凜然的眼神卻早已準備好應戰。

羅亞雙掌一擊，再分開時，掌與掌之間出現一把魔氣纏繞的奇特黑劍。他輕輕抬劍便擋下對方的攻擊，顯現出極大的實力差距。

匕首彈飛，落在數尺遠的地方。魔王踏前一步，黑劍流暢地劃出弧線，似乎是想劃開兩人間的界線，喝令對方別再輕舉妄動。妖精少年卻沒有放棄進攻，黑劍在少年的掌心留下一道清晰的血痕。

「啊，我的手！」妖精少年的神情頓時被痛苦淹沒。

「……是你自己要靠過來的，不關我的事。」自知可能闖下大禍了，羅亞瞬間收起了黑劍，有些心虛。

「怎麼回事，大家聚在一起是要討論什麼嗎？」

這時，有道磁性的低沉嗓音從後方響起，眾人紛紛回頭，只見一名身型修長的年輕男人緩步靠近。

那人穿著導師教袍，懷裡抱著幾本厚重的教科書，手持教鞭，俊秀的臉上架著充滿書卷氣息的粗框眼鏡，一副準備去教訓……不，是動身前往教書的樣子。

儘管本人自認偽裝得十分完美，但絕對糊弄不了羅亞。他沒有漏看那人眸底一閃而過的戲謔。

魔王略帶驚恐地望向對方，臉上的神情百感交集。「瑟那卿，你在這裡幹嘛？」不會是又想破壞他的好事吧？

「這位同學，我不是很明白你的意思。」瑟那刻意文質彬彬地回答，但臉上的狡黠實在是太明顯了。「我是不久前來報到的瑟傑導師，負責的科目是勇者應該遵守的禮儀規範。」

「什麼瑟傑，你明明就是瑟那卿。」羅亞生氣地指控眼前的管家，完全不顧對方的身分可能會曝光，想到什麼就先說為快。

「導師，你得替我們主持公道！」妖精少年見機不可失，先發制人地告狀。

「喔？」自稱學院導師的瑟那挑了挑眉，「看你徽章的樣式和顏色，是高年級的特A生嗎？」

新生的徽章是紅色，每升上一個年級，邊框的顏色便會依照橙黃綠藍靛紫的順序，換成該年級的專屬顏色。這個傳統據說是校長當初偷懶想出的替代方案，之後沒有想出更好的，就一直沿用至今。

「是的，導師，我們知道特A生在學院裡身分特殊，難免會招人妒忌報復。」妖精少年垂下視線，眼角隱約閃著淚光，語氣極度委屈，儼然站上了受害者的位置。

「哼。」魔王冷笑一聲，他倒是想聽聽這些「受害者」能扯出什麼理由來扭轉實情。勇者學院的門檻竟然低成這樣，連這種不入流的角色也能入學。

「可是沒想到，我們與這位普通生素未謀面，彼此無冤無仇，他竟然聯合一年級的特A生欺負我們。導師你看，這就是他們傷害我的證據！」妖精少年的臉色越發蒼白，情緒激動地扭轉黑白，並把受傷的那隻手像戰利品般展示在眾人面前。

其他五名特A生本來還沒反應過來，但在接收到如此明顯的暗示後，立刻紛紛點頭，揚起聲調指責羅亞和金髮少年。

情勢逆轉，任誰看了都會忍不住被妖精少年打動惻隱之心。

「但是，這位怎麼樣看都是遭受到欺凌的那個人吧？」瑟傑導師上前，一臉古怪地看向此時還狼狽地坐在地上的金髮少年。

「這……」妖精少年與其他特A生面面相覷，一句話都答不上來。

沒想到，瑟傑導師根本沒打算等他們答覆。他低頭沉吟，片刻後抬起五官深邃的臉龐，微笑著開口：「我明白了，既然做錯了事，就應該受到嚴厲的懲處。身為勇者，最該注重的就是品行，對吧？」

眾人愣愣地點頭，心裡卻開始冒冷汗。

「那好吧，這兩位同學，由於你們傷及無辜，作為導師的我自然要給予處罰。」瑟傑導師朗聲宣布，不知為何，他的語氣竟然有點愉悅。

「欸？」

錯愕的不只是真正被欺負的金髮少年，連那些反過來誣陷受害者的特A生，也搞不清楚為什麼這麼容易就成功了。

但這口氣羅亞忍不下去，也不打算忍，他直接轉身，以公主抱之姿一把抱起受傷的金髮少年。

原本想就這樣瀟灑地離開，不料魔王尊貴的身軀從未拿過比漫畫書或是遊戲搖桿還重的物品，差點失手把人摔出二次傷害。最後只能緊咬牙關，半拖半抱著少年，一路搖搖晃晃地離開。

就在羅亞覺得自己快要因為扛不住另一人的重量而一命嗚呼時，他看到幾步遠的地方有張空置的長椅，馬上把人拖過去放好，這才有辦法喘息。

「這倒底是怎麼回事，特A生？」

金髮少年——也就是夏洛特，他不好意思地搔搔頭，「這只是場意外，不用放在心上啦！」

「意外？你是指被人揍，還是說特A生？」他一直以為這傢伙的實力墊底，沒想到竟然被分到了特A班，是他看走眼，還是學院裡的導師看走眼？或許對方真的深藏不漏……

「都有啦，哈哈哈。」

「虧你還能若無其事地說出這種話，這下我跟你都變成霸凌者了，這樣你也無所謂嗎？」

「不然我還能怎麼樣，哭嗎？早在五年前我就發過誓，今生永不再哭泣……」夏洛特燦爛的笑顏一斂，目光下沉，似乎憶起了什麼往事。

「但你之前就哭了，還哭得很醜。」在火車上的時候，魔王依稀記得夏洛特為了那個沒用的執事哭著求他幫忙。

「這種事情就不要再提了啦！」夏洛特愣了愣，像是要掩飾害臊，他豪放地捶了一拳羅亞的肩膀，直接把他打得身體一歪。

「看來你的傷也沒有那麼嚴重嘛……」羅亞小聲抱怨。

「不過，羅亞剛才的表現真的很帥氣耶！我是不是又被你救了？想想就覺得很不好意思呢。」夏洛特紅著臉道。

「你是該不好意思。每次遇上你總是有一堆麻煩，你這個人真的不同於一般。」魔王的這句話充滿貶意，結果不意外地又被對方當成了某種讚賞。

「沒想到我在羅亞的心中那麼特別，我還是第一次聽你說呢！」

「這種事我也是第一次聽說。」羅亞面無表情地糾正，隨後話鋒一轉，

「既然剛才那些人都那麼討厭你，還有必要回去特A班嗎？」每天都得面對那麼多欠揍的臉，想想就覺得很辛苦。

「這種事很少發生啦，今天只是我運氣不好而已。」沒想到夏洛特一副不在意的樣子，率性地擺了擺手說道。

「是嗎？」羅亞狐疑地瞄了一眼，現在夏洛特在魔王心中的形象已經變成時常受人欺凌的可憐小動物，必須時時提供保護。

保護這一詞對羅亞來說是相對陌生的詞彙，他不明白自己怎麼會產生這種異樣的情緒。

「真的啦！」夏洛特睜著狗狗般的大眼強調，「那些都是高年級的學生，我們很少有碰面的機會，下次只要記得避開他們會出現的區域就好。」

「既然如此，這些人又是為了什麼要找你麻煩？」

「那是特A生的傳統。每一年新生入學時，為了維護菁英班級的聲譽，必須要通過高年級設下的測驗才能被認可。因為我沒有通過測驗，那些學長姐才會想方設法地要把我從特A班趕出去。」夏洛特的神態自若，彷彿說著旁人的事。

「都沒有其他人挺身幫忙嗎？雖然剛剛那些特A生是群混蛋，但你們班上總有一兩個好人吧？」

「沒有喔。」夏洛特回答得理所當然。

——這傢伙真可憐，說要當他的朋友，結果自己反倒一個朋友也沒有。

「不是這樣的，」察覺到羅亞關愛的眼神，夏洛特連忙澄清，「特A生在學院裡本來就比較少見。」

「所以？」

「今年的特A生只有我一個。」

聽了對方的話，魔王實在不難想像他為什麼會被當成主要目標。這時，他突然頓了頓，某種奇異的景象攫住了他的注意。

「怎麼了，我臉上有什麼嗎？」見羅亞一瞬也不瞬地緊盯著自己，夏洛特臉上一熱，下意識想避開，臉卻被人捉住。下一秒，羅亞放大的臉欺近，夏洛特渾身一僵，乖乖地任對方擺布。

「你的眼睛……」吸引住魔王的是一雙清澈得不可思議的琥珀金瞳，眸底清晰地倒映著羅亞的身影。然而，裡頭似乎還有另一人的倒影，卻一閃而逝，很快又被另一幕畫面取代——似乎是小小的兩抹人影，其中一道人影直挺挺地倒下，另一道卻默默地流著淚……

「啊，我的眼睛好乾！」夏洛特的眼睛被羅亞以食指和拇指撐開，在五分鐘未閉上的情況下宣告陣亡。少年推開魔王，趕緊閉上酸澀的眼睛，再睜開時，幻影般的倒影全都消失了。「羅亞，你是怎麼了？我的眼睛裡有什麼嗎？」

「不，什麼都沒有，你的眼睛很漂亮。」羅亞還沒從剛才的那一幕回過神來，他瞥了夏洛特一眼，言不由衷地回答。

「咦、呃？」夏洛特不知道該做何反應，害羞好像也不太對？

沒想到，魔王卻淡淡地補上一句：「雖然是我討厭的顏色。」

「你這樣說我是要高興還是要難過啊……」瞬間從天堂跌落地獄，夏洛特扁了扁嘴，只覺得委屈極了。

這時，羅亞忽然想起某件事，突兀地問道：「你知道導師辦公室怎麼走嗎？」

「知道啊，不過跟這裡是反方向喔。」夏洛特好心提醒。

「帶我過去。」他直接用上命令句。

「為什麼要去導師辦公室，發生什麼事了嗎？啊，話說上午的時候我都沒看到你，不會是遲到了吧？」

「你現在才發現嗎？在剛剛那些鳥事之後，我突然覺得在被懲處之前先自首可能比較好，或許還可以減刑，所以帶我過去。」

「可是……」夏洛特遲疑地停頓片刻，爽朗的臉上出現令人看不透的神情，「如果被特A班的學長姐看到你跟我在一起，可能又會惹上什麼麻煩。」

「那又如何，你跟我不是本來就在一起的嗎？」魔王的聲音忽然變輕，聽起來比平時溫柔許多，嘴角淺淺勾勒出上揚的弧度。

「好啦好啦。」夏洛特沉默片刻，總算是妥協了，不過卻提出了奇怪的要求，「你別再這麼對我笑了，即使不那樣做，我還是會帶你去的，因為我們是朋友不是嗎？」

「你不喜歡我笑嗎……？」魔王的內心像被什麼東西扎了一下，微微刺痛。

「不是不喜歡，只是你的笑似乎不只給我，還給了許多人。我希望你的笑只保留給我。」夏洛特突兀地說道。

「那是因為你不明白那代表什麼意思，而且你是第一個敢如此反抗我的人。」羅亞微微皺眉，「如果是以前，我是絕對不可能讓你拒絕我的，不過我已今非昔比了，所以就算了，我原諒你。」

「好好的，怎麼忽然就生氣了？」夏洛特一臉莫名其妙。

「哼，到底要不要走啊？這次休想要我再抱你了。」魔王倏地從長椅上起身，雖然面無表情，但臉部線條繃得死緊。他揚起頭，邁步往前方走去。

「等等我！我又沒說不帶你去，不過你走錯方向了……」夏洛特連忙拖著負傷之身追上去，領著對方走向正確的小徑。

第二章

歷史總是一再重複老梗套路

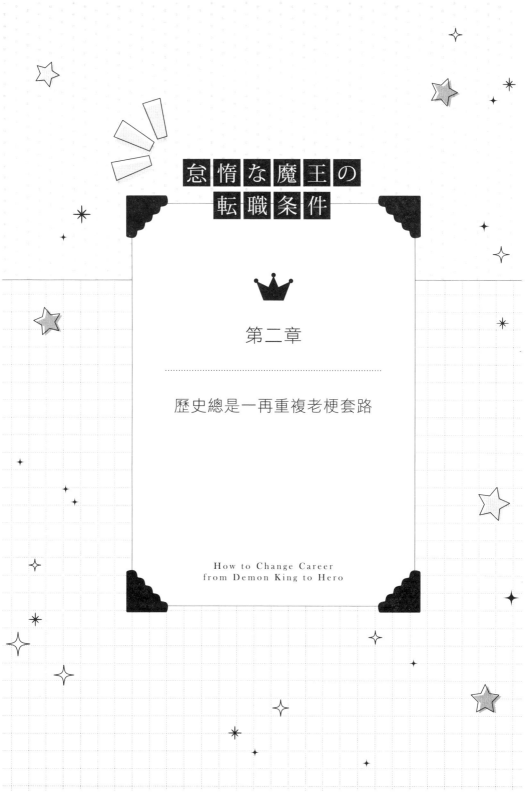

米諾的導師辦公室位於校園北側的辦公大樓，此刻，裡頭站著兩名新生。

「你遲到了，依照校規，遲到者一律得接受懲處。」米諾很快切入主題。

「懲處？」魔王不覺得自己有做錯什麼事情。遲到？是人都會遲到，更不用說他是魔族，他們從不受時間觀念束縛。

「很抱歉，米諾導師，這都要怪我，羅亞是為了……」夏洛特連忙彎腰致歉，懊惱的樣子像是自己才是那個遲到的人，而非身旁事不關己的少年。

「夏洛特，你怎麼也在這？」

米諾在辦公椅上往後一靠，抬高雙腿，費了九牛二虎之力才勉強翹在桌上。本來想營造帥氣的形象，卻反而有些狼狽。

「喔，這說來話長，那是因為……」

魔王連忙張手堵上夏洛特的嘴，任憑對方嗯嗯嗯地抗議，就是不給他說話的機會，「既然說來話長就別說了。」

「我都聽瑟傑導師說了，你們聯手欺負一群特A的學長姐？」米諾開口時，氣還有些喘不上來。

「當然不是這樣！」總算掙脫了羅亞的手，都還來不及喘息，夏洛特瞪大了眼，急忙為自己和朋友的人格澄清。

「我想也是，我當導師已有數年之久，還沒愚蠢到連這種謊話也深信不疑。」米諾語氣平淡地回道，隨後卻明白地表示自己的立場，「但你們惹上的那群特A生，先不論在學院裡的地位，連背景跟後臺都相當硬，你們打算怎麼辦？」

「這個……」夏洛特開口想說些什麼，最後還是陷入為難的沉默。

「我願意接受懲處。」魔王卻以不大的音量鄭重宣告。

「什麼？」夏洛特不敢置信地轉過頭，直直望進少年的眼底，這才敢確定對方是認真的。

「你確定要這樣嗎？」這似乎是最好的做法，堵上那些人的嘴，自然後續問題就不存在了。即使如此，米諾還是想再確認一次。

「應該說，只能這樣了。我無所謂，但這並不代表我認輸了。」魔王的臉上毫無情緒波動，眼底卻閃著不服輸的自信光采。

米諾若有所思地點點頭，然後轉頭望向夏洛特，「那你呢，你有異議嗎？」

「沒有，我跟羅亞一樣，願意接受懲處。」夏洛特馬上做出回應。

「那好吧，這一個星期你們都必須從事校內的勞動服務。」米諾頷首，沉聲做出結論。

夏洛特沒有表示異議，開始詢問懲處細節。「勞動服務實際上要做些什麼？從什麼時候開始？」

「現在。」米諾的尾音鏗鏘有力，彷彿此事已拍板定案，不得上訴。「你們去這個地方報到，那裡會有一位學院導師，他會告訴你們該做些什麼。」

說著的同時，米諾遞出一張紙片，上頭畫著簡易的路線圖。

夏洛特收下紙片，和羅亞並肩離開米諾的辦公室。

經過二十分鐘的步行後，聳立在兩人面前的是一座巨大白塔。

象牙白的高塔占據學院東側，沐浴在金黃的日光中，看起來特別耀眼。塔的用途很簡單——儲放雜物。這裡雖沒有列為禁地，但還是需要有導師核可的通行證明才能出入，羅亞和夏洛特卻在入口處碰見一個不該出現在學院裡的人。

魔王的怒氣微升，「瑟那卿，怎麼又是你！」

「這位同學，我是學院裡的導師，不在這裡，試問出現在哪裡才適合呢？順帶一提，我是瑟傑，並非什麼瑟那。」

白色尖塔內存放著你能想到的各式魔法材料、器具，就連冷兵器也占據了好幾個房間，以備不時之需。步入塔中時，魔王沒有聞到預期的霉味，空氣中反而有股淡淡的芬芳，似乎有專人管理。視線所及之處幾乎一塵不染，物品被保養得很好，只不過沒有看到類似管理員的存在，就只有他們三人。

「這些跟這些麻煩你們搬到樓上去歸類。每一個樓層放置的東西都不同，基本上是以用途來分類。」瑟那示意牆邊地上那一大疊厚重書籍，以及一罐罐內有飄浮物的不明液體。

魔王不為所動地站在原地，完全沒有要動手的意思，「為什麼我們要聽你的。」

「因為，米諾導師將你們交給了我。」瑟那作勢張望四周，「何況，這裡除了你們，難道還有其他人？」

「混蛋，我看你根本就是故——」

瑟那的指腹堵上魔王的嘴，切斷未說完的話。「同學，還有其他問題嗎？」

「唔，你知道這樣是違規的吧？」趁夏洛特轉頭打量瑟那交派的雜物，魔王忍不住壓低音量抱怨。

「同學，注意你的用詞，別忘了我可是學院的導師。」瑟那倒是全心全意地投入瑟傑這個角色，演技發揮得淋漓盡致。

「誰理你啊，我是王，你不過是我的管家，沒辦法命令我做任何事——即便是監護人也一樣。」魔王直接表達自己的強烈抗拒。

瑟那的嘴角始終噙著一抹笑，表情沒有絲毫不悅，在手中不知何時出現的簿子上揮動筆桿，輕鬆勾勒出幾個字。「羅亞同學，違抗導師的命令，扣十分。」

「等、等一下。」魔王連忙阻止。

學院裡的積分有兩種，一種是學業積分，另一種則是個人積分。不只武技學識，勇者這份職業同時也十分重視品德。

「所以呢，羅亞同學，你要說什麼？」

「我明白了，這裡就交給我們吧。」魔王縱使不甘心，也只能乖乖在「瑟傑導師」的淫威之下屈服。

「乖孩子，你們都是。」瑟傑導師噙著長輩般的慈愛笑容，依序揉過兩名少年的髮頂，然後轉身走出白塔的大門。

魔王咬著下唇，憤恨地瞪著遠去的身影，良久之後，才轉身面對那些待分類的雜物，準備完成今日的校內勞動。

而這樣的麻煩事，還得持續六天。

「瑟傑導師好像很喜歡羅亞。」在旁默默觀察的夏洛特忽然開口。

「蛤？」魔王倒是一臉莫名其妙，「怎麼樣看都不像吧？」

「因為，瑟傑導師的視線沒有從你身上離開過呢。不過跟導師關係好的話，會被其他同學討厭的。」夏洛特話鋒一轉提出警告，看上去不怎麼開心的樣子。

「你是怎麼了？」羅亞不假思索地問道。他不喜歡別人在他面前一副有心事的模樣。

「我不想回答這個問題。」夏洛特的聲音平靜，似乎再追問下去，他也會拒絕回答。

魔王愣了片刻才反應過來，「那好吧，等你想說再說。」他這不是被拒絕了吧？

「現在我們要怎麼把東西搬運上去？」羅亞頭痛地看著半人高的待整理雜物堆。

「這邊有一些袋子，我們可以先把東西裝進去，再拿到樓上分類，這樣就不用來回跑好幾趟了。」

夏洛特已經拿起擱置在牆角的布袋，將東西一股腦塞進深處，然後束緊袋口。他試著扛起沉重的袋子，結果似乎沒抓好重心，左腳踢到右腳，整個人往前摔出去。即將接觸到地面時，卻撲進一個溫暖的懷抱，夏洛特抬起頭，眼前是羅亞那張平時顯得冷漠的精緻臉龐，此刻他的眼底卻浮現關懷之情。

「你沒……」

「離我遠一點！」夏洛特紅著臉推開對方，迅速拉開距離。金髮少年的表情古怪，特意避開視線接觸，他重新將布袋甩上肩，立刻轉身踏上漫長的階梯。

「……只是怕你跌倒而已。」看著對方慌慌張張奔逃上樓的身影，魔王低聲說道。

他想了想，也效仿夏洛特拿起一個布袋，把剩下的雜物都塞進去，扛著布袋尾隨在後，一面自言自語：「反應也沒必要那麼大吧，難不成是有什麼隱疾？」

二樓是充滿了書架的開闊空間，不過與一塵不染的一樓不同，這裡像是被遺忘許久，書架上以及書籍的間隙中滿是灰塵，牆角還結了蛛網。夏洛特正蹲在某一面靠牆而立的書架前，忙著分類書籍。

見夏洛特沒有回頭，魔王識趣地默默進行手邊的工作。約莫十幾分鐘後，瑣碎的分類歸架才告一段落。一有空閒，羅亞便若無其事地來到夏洛特身後，戳了戳他的肩膀。自己是在主動示好嗎？不，絕對不可能！

開口。

「羅亞，那個……抱歉我的反應過度了。」結果還是被夏洛特搶先一步

「喔……」一時間，魔王反倒不知道該如何回應，馬上又被對方突如其來的舉動嚇傻，「你在幹嘛？」

夏洛特已經解開數顆衣釦，露出白皙但意外精實的胸膛，鎖骨上竟盤踞著一道醜陋的疤痕。「這是我小時候不小心弄出的傷。雖然是很久以前的事情，我卻因為一些心理因素而始終無法忘懷。所以只要有人無預警靠得太近，我都會下意識避開，還請你不用介意。」

「如果我問你發生了什麼事，想必你也不會回答吧。」羅亞瞇起眼，細細審視那道觸目驚心的疤。夏洛特迅速扣好衣服，將其隱藏在後。

「這是祕密。」夏洛特的神色恢復如常，朝羅亞露齒一笑，彷彿剛才的一驚一乍都是錯覺，「就像你說的那樣，我不打算說出心裡的事，除非你也願意讓我深入了解你。這樣的話，我倒是可以考慮透露一點細節喔。」

「深入了解？」不知為何，魔王忽然有種不好的預感。

「我想知道你的星座、興趣和專長，還有喜歡吃的跟不喜歡吃的東西。當然，最重要的是——」夏洛特頓了頓，淺淺彎起嘴角，「你的弱點。」

魔王皺著眉偏頭思索。「……我沒有弱點。」

身為魔族，他一直都知道，魔王只能是令人畏懼的存在，這樣的人是不能有弱點的。

「哈哈哈，真是的，幹嘛擺出這種臉？我只是開玩笑的啦！而且，只要是人都有弱點吧？」夏洛特一派輕鬆地說道，像是想緩和氣氛，發出清亮的笑聲，「難道羅亞不是普通人嗎？」

不知道對方是刻意還是無心，魔王自動忽略這句話，「那你的弱點是什麼？」

「唔，這問題有點難倒我了，我想想……」見對方直接迴避問題，夏洛特也不以為意，只是雙臂環抱胸前，擺出認真思考的樣子，「我的弱點應該是弟……」

「碰！」兩人的頭頂上突然傳來巨響，似乎是有什麼東西砸落地面。

話才說到一半就被打斷，夏洛特也不打算講完，只是抬頭盯著天花板。

「要上去看看嗎？」

羅亞也正有此意，於是兩人一前一後爬上樓。

三樓感覺起來跟二樓沒什麼兩樣，都是用來存放資料以及陳舊書籍的地方。書架間的空氣依然滿布塵埃，鼻腔竄入一股霉味，像是許久沒有人踏足這裡了。

「這裡不是有專人管理的嗎，為什麼一副隨時會有幽靈出沒的樣子？」

「羅亞，你怕了嗎？」夏洛特聞言回過頭，「害怕的話可以抱緊我，我不介意喔！」

「想都別想。」魔王不假思索地拒絕，腳步沒停下，逕自越過少年，「不知道逛完整座塔需要多久的時間，我有預感，更上面的樓層應該有更有趣的玩意。」

「今天是逛不完的，這座塔總共有一百五十三層。」

「你怎麼知道？」

「外面寫的啊。」夏洛特往窗外一指。

魔王探頭往外看，從三樓的角度還是能清楚看到立在塔門旁的指示牌。上頭似乎密密麻麻標示著這座塔的各項資料，當然也包含樓層介紹，頓時降低了神祕感。

羅亞一時語塞，只好回身轉移目光，正好看到一本落在地上的書。看樣子剛才的聲響就是它製造的，魔王伸手拾起那本書，吹開書封上的一層灰。

夏洛特好奇地湊過來，兩名少年一同望著繪本般的書籍。

翻開第一頁，書上的圖像居然動了起來，一幕幕魔法驅動的畫面，演出發生在數百年前的古老故事。

莊嚴的宮殿裡，一個垂垂老矣的男人高坐王位。他有兩個兒子，雙雙覬覦著王座。於是毫不意外地，兄弟倆鬩牆了。

兄長召喚出魔獸大軍，實力不容小覷；弟弟也不好惹，聚集了強悍的軍隊。雙方打得難分難捨，耗時數年，戰爭才終於告一段落。

終究敵不過魔獸大軍的弟弟，竟然拋下軍隊臨陣脫逃。在奔逃的過程中，他遇上一名神祕男子，自稱受了兩人的父親所託來考驗他，接著從寬大的袖袍中拿出木枝與枯骨要他選擇。

弟弟本想全拿，猶豫片刻後選擇了木枝。沒想到，木枝在他手中變成一支威力無邊的法杖。

接著，那位神秘男子也來到兄長的陣營，哥哥卻直接取了枯骨。枯骨在他手中也產生變化，竟化成沉重的枷鎖，牢牢地銬住他。

這場勝負很明顯了，手持法杖的弟弟瞬間弭平戰爭，在眾人擁戴下登上王座。哥哥只能在黑暗裡默默飲淚，誓言奪回屬於他的榮耀與尊嚴。

百年的漫長時光過去，某天，弟弟卻對前來討伐自己的勇者一見鍾情，果斷丟下守護一族的重責大任，只為了與心愛之人相守。雙方的戀情被視為禁忌，弟弟被除名，永遠不得再回來。

於是，哥哥登上了寶座……

「我們該回去了。」夏洛特強行將書闔上，找到書架上的空隙，匆匆塞進去，「晚了就吃不到晚餐了。學生餐廳雖然全天候供餐，但只有特定時段才有特製的料理，相信我，錯過你絕對會後悔的！」

「那個故事……」魔王若有所思地垂下目光。故事有種熟悉感，但說不上來是為什麼，似乎整個故事都亂了套。

「故事怎麼了？不就是老掉牙的勇者魔王傳說嗎？類似的改編版本還有很多，你想要的話，我可以找給你看喔。」

「不用了，我對那種少女漫畫類型的作品沒有興趣。」魔王冷冷地說。

此時，校園另一端的瑟那正在返回導師辦公室的路上，表情若有所思。

……他是不是遺漏了什麼？

才剛要想起，大腦就被其他瑣事填滿，最後他只是仰頭感受著午後的舒適氣候，吐出家庭主婦般的心聲。

「這種天氣最適合洗衣服了。」

第三章

挑選學伴請務必慎重

勇者學院一年級的課程五花八門，除了〈初級魔法基礎〉、〈魔藥學〉、〈魔獸學理論〉等文科，還有〈基礎劍術〉、〈進階盾術〉等武科，以及〈如何成為一名稱職勇者&不可不知的勇者小常識〉這類的雜科。

以上課程都是必修，新生要等到升上二年級後才能決定專精的領域。

大部分的勇者會選擇專修魔法或武技，少部份有天份的人才會選擇魔武雙修。更罕見的專業科目還有製毒，或是科技相關的作戰方式。

無論是哪種路線，都必須經過一年的多方學習，才能從中決定往後的專業方向，進而成為獨當一面的勇者。

羅亞對課程沒什麼研究，應該說他根本懶得多想，反正不管選什麼都沒差。

他是魔族之王，魔力本來就比其他弱小的種族更豐沛，他只需要專注在別被人發現真實身分，然後混到畢業就好。

但此時此刻，他突然覺得這個計畫的難度似乎提升了不少。

這堂是名為預言家的課程，教室中飄散著濃烈的檀香味，授課導師是在分班測驗時見過的那位性感御姐，名喚朵麗。今天她捨棄了艷紅的中式旗袍與愛心小手，配合授課內容換上一席低調的深藍晚禮服，傲人曲線展露無遺。

她為自己準備了沙發躺椅，此刻正慵懶地斜躺在上頭，手上還勾著一只繪有小花圖樣的精緻瓷杯，乍看之下十分優雅迷人。

朵麗導師放下纖細的小腿，傾身以老練的姿態洗著長桌上的塔羅牌，在桌面上以扇形攤開。

「大家仔細看，這裡有二十二張牌，可以幫助我們探索自己的生命意義，指引未來的方向，還能預示你未來一週會遭逢的危機。」朵麗導師嗓音清亮，聲量不大，卻清楚傳到在座學生的耳中。「牌的占卜法並不難，用心學習的話很快就能上手。每一組的圓桌上都有一組牌，在洗牌前，我要你們先冥想，嘗試與牌建立精神上的聯繫。」

白織舉手發問；「只能預測危機嗎？我想知道下星期會有什麼好事發生！」

「傻孩子，如果是好事，就沒有預言的必要了吧？」朵麗導師輕笑道，「勇者是危險纏身的職業，預知危險比預知好事有效益多了，一步一步來吧。」

「可是，像我就很想知道下一期彩券的中獎號碼啊。」夏洛特忍不住低聲嘟囔。

「你為什麼會在這裡?!」包含羅亞在內，同桌的白織、菲莉蒸都轉頭瞪著顯然並非同班的不速之客。

「我迷路了嘛。」夏洛特一臉認真地這麼說，隨後漾開毫無心機的笑容，「既然迷路，就跟過來一起上課了。而且預言家這門課聽起來超級厲害的。」

「要怎麼樣才會迷路到別班去啊？」白織很想知道答案，「而且你原本班級的人難道都不會出來找人嗎。」

「放心，就算我失蹤一整天，也沒人會吭一聲的。」

喔？聽起來似乎另有隱情。但礙於那可能是對方的隱私，白織就沒再多問了。

「有什麼關係，只要當作我是來旁聽的就沒問題了！」夏洛特笑得無比燦爛，「在其他學院，旁聽是很常見的事情，不用擔心。」

「沒有人在擔心你！」菲莉蕊高傲的嗓音無預警地響起，「你覺得你有什麼資格與我們同坐！」

「你們都是羅亞的朋友嗎？」夏洛特笑了笑，隨後換上嚴肅的語氣，「論順序的話，我可是羅亞的第一個朋友，是朋友一號，這樣的理由夠充足了嗎？」

莫名有種輸了的不痛快感，菲莉蕊挑眉道：「那好吧，既然這樣的話，我也沒有什麼立場可以反對了。」

——現在是怎樣，都沒有人問過他的意見，當他是空氣就對了？有些事情，請不要擅自下定論好嗎？

而且不知為何，羅亞覺得夏洛特怎麼像是在宣示主權，不停強調他是**他的**朋友。

朵麗導師似乎沒注意到角落的小小爭執，一臉意興闌珊地放下牌，似乎覺得牌面預示的未來太過無趣。她轉移目標，低頭端詳桌面上的另一樣占卜道具——水面光滑如鏡的金屬雕花水盆。

她繼續講課：「水，是構成世界的重要元素之一。以水為媒介，再灌注精神之力，便能一窺未來。有可能看見你們自己，也可能看見與你們有關的人事物。大家都試試看吧。」

每組的小桌上也擺著相同的水盆，每人輪流觀看數分鐘，但誰都沒有瞧出什麼端倪。

「我家的鏡子都比這個還要好使喚，雖然個性讓人不敢恭維。」魔王的嫌棄之情溢於言表。

魔王城有一面鏡子，能夠反映觀看者的思緒，再予以建言。但因為那面鏡子實在太愛說教了，老早就被魔王封印起來，暫無重見天日的機會。

至於這個看似破銅爛鐵的水盆嘛……

雖然感受不到任何異樣的氣息，但沒有問題才是最大的問題。無波的水面映著盆底的鐵灰，他只能隱約瞧見自己好看的倒影，但這可不是什麼好現象。

然而輪到白織觀看時，他馬上發出驚呼：「我好像看到了什麼！」少年推了推眼鏡，看得無比專注，「好像有一名長相跟我神似的少年對著我笑，你們說，他是不是想傳達什麼訊息給我？」

「可能是要你戴好眼鏡，免得脫下時招致惡運。」菲莉蒸不知什麼時候也學會了一本正經亂說話。

「咦？這跟眼鏡有什麼關係？」白織抬頭望著其他人，困惑地皺起眉。

「因為你看到的是你自己。」羅亞淡淡地開口，無情地戳破事實。

「可是對方的臉上明明就沒有戴眼鏡啊……」白織辯解道，但水盆已經被等在一旁的下一位同學拉過去，沒有人注意到他的自言自語。

接下來的時間，教室內的學生一個接一個努力嘗試在水面上讀出什麼訊息，但全都徒勞無功。畢竟占卜預言這類的技能需要極高的天賦，高年級的學生也未必能施展，更別提一年級的新生了，他們能在水面上瞄到些微的影子就該偷笑了。

朵麗導師對此很不滿，起身跺了跺鞋跟，好半晌才喃喃自語：「今天這堂課的學生似乎都是些沒天分的孩子。還以為起碼能發現一塊璞玉呢，結果都是普通的石頭。」

這時，下課鐘適時響起，導師拍了拍手，示意大家停止把眼睛瞪出眼眶的愚蠢行徑，提起音量說道：「預言的方法有很多種，任何可以映出物體的東西都能成為媒介，而這就是你們的回家作業。下次上課時，希望你們能告訴我一些預言畫面，任何瑣碎的小事都可以。」

下課後，羅亞一行人並肩走在連接各教室的廊道上，白織沮喪地開口：

「說實話，我可能一點天分也沒有。」

魔王拍了拍對方的肩，給予微小的安慰，「但你也不需要把事實說出來。」

「導師說過，任何可以反射物體的東西都能當作媒介，學院裡不就正好有這麼個地方嗎。」菲莉蕬似乎靈光一閃，「校園中央不是有個很大的湖泊嗎？或許到那裡之後會有靈感呢。」她完全沒察覺身旁友人逐漸鐵青的臉色。

「不行！！！」羅亞和白織同聲大喊。

「為什麼？」菲莉蕬納悶地看著表情古怪的兩人，「你們是怎麼了，好像湖裡有什麼怪物一樣。正常的湖裡多少會有一些生物或是魔物，幹嘛這麼大驚小怪。」

「湖裡面的大叔可能比正常情況下的怪物還要更令人不適。」魔王沉重地警告。

「湖裡面有大叔？」菲莉蓀看起來一頭霧水。

結果因為在下午的課開始之前，他們各自還有其他事情，只能暫時擱置湖中大叔的話題，先原地解散了。

菲莉蓀回到女生宿舍，利用午休的時間補眠；白織則去了趟學生餐廳，聽說菜單上多了幾項新品甜點，即使冒著體內糖分增高的危險，他也想去試吃看看。

至於夏洛特，他一下課就不見人影，不知道跑哪去了。

終於獲得獨處的時間，魔王在中庭旁的小徑上緩緩踱步，思索著朵麗導師的話。任何可以反映物體的東西都能當作占卜媒介，那麼他在夏洛特眼中見到的奇怪畫面又會是什麼？是他不曾涉及的過去，或是不想預見的未來？

畫面裡有兩個人，其中一個肯定是他，那另一人呢？是誰？最後的結局又是什麼，是他殺了對方，還是反過來呢？

羅亞緊緊蹙著眉，想得很認真，完全沒注意到身後鬼鬼祟祟的人影。

一隻手突然拍上他的肩頭。「抓到了！」

魔王訝異地回頭，只見夏洛特好看的臉上露出有些得意的神情。

「你不是先走了？」

「羅亞看到我不開心嗎？我可以陪你打發悠閒的午休時間喔。」夏洛特自顧自貼了上來，熱情地攬著他的肩。

「特A生都像你這麼閒嗎？」魔王好像已經漸漸習慣這種粗魯無禮的行為，第一時間竟沒有做出太大的反應。

「哪有？我每天都很努力地學習怎麼做一名稱職的勇者，只是你都沒看到而已。」

「真像你說的那樣，哪裡還有時間跑到別人班上插一腳。」

「都說了我是不小心迷路嘛……」

「你以為這種謊話騙得過我嗎？你才不會迷路呢。」在夏洛特帶他前往導師辦公室的途中，羅亞就發現他對學院裡的教室配置相當清楚，即便是從反方向走，也能輕鬆找到正確的目標，這證明了他的方向感不是普通的好。

「幹嘛把我說得像是心機深沉的人啊？我只是想盡量多找機會見到心愛的人嘛。」夏洛特垂下視線，表情有些害羞。

「你、不要亂說話……！」魔王手足無措地開口，不知道該如何反應。

「嗯？」夏洛特無辜地對上魔王的視線，「我有說是你嗎？」

「……」

「朵麗導師可是男同學心中的女神啊！雖然有些嬌氣，但這樣的女生才可愛不是嗎？」夏洛特捧著滾燙的臉頰，如痴如醉地說。

「你這個笨蛋變態。」嘖了一聲，魔王咬牙罵道。

「不要把兩種貶意詞連在一起罵人啦。」不知道自己是踩到對方什麼痛處，夏洛特覺得有些好笑，而後像忽然想起了什麼般驚呼，「啊！」

「又怎麼了？」

「羅亞決定好學伴要找誰了嗎？我覺得我們很適合彼此喔！」

魔王沉默不語，顯然對學伴什麼的完全沒有概念。

「你們的導師沒解釋過嗎？學伴是同學間兩兩搭檔、互相學習的對象，還可以增進人際關係。」夏洛特滔滔不絕，列舉學伴的各種優點。

但是在魔王聽來，學伴只會是他混畢業計畫中的絆腳石。

接下來的十分鐘，夏洛特努力說服羅亞自己是學伴的最佳人選。魔王因為內急，便草草答應會再考慮，接著匆匆奔離。

看著羅亞的背影，夏洛特的嘴角勾起自信的弧度。

「你一定會選擇我的。」

羅亞的下午第一堂課開始了，只見米諾穿著整套運動服出現在教室，從沿著額角淌下的汗水來看，應該不久前還在從事激烈運動。他打開點名簿，三兩下點完名後雙手撐在講臺上，直接進入正題。

「這所學校是以培養勇者為宗旨的教育機構，希望學生在各方面都能有傑出的表現。除了理論課程，還有巫術魔法以及武術的實踐課程，每週都有作業及考試，取積分制，如果期末結算時沒達標就會被留級。」

此言一出，立即引起學生的反彈。這跟他們當初聽到的可不一樣，這所學校可是號稱只要有錢都可以入學，而且保證能夠順利畢業找到工作。覺得受騙的新生紛紛表示不滿。

米諾無視抱怨聲，自顧自說下去：「讓大家留級畢竟不是我們的教學初衷，所以偶爾也會出一些加分題，例如一些特殊任務。因為你們是一年級生，任務也會相對簡單，可能只是幫忙清潔河川或尋找失物這類的體力勞動。」

——靠，是不會早說膩！

臺下的學生這才紛紛鬆了口氣。

「依照往年的慣例，一年級新生都必須參加新生訓練，你們也可以把這個當作暖身任務，讓你們有機會運用現階段學到的知識。這會是很好的磨練機會，但前提是——你們有好好完成任務。」米諾皮笑肉不笑地緩緩開口，眼底閃現一抹若有似無的殺意。

一股不安在學生間蔓延，眾人面面相覷。

「若是沒有完成任務呢？」一名學生提心吊膽地問道。

「聽著，我不是在徵求你們的同意，而是要求你們絕對要在時間內達成任務，即便是要付出生命也在所不惜。若是我的班級讓我丟了面子，我會讓你們清楚生不如死這四個字是怎麼寫的。」

「導師，我的通用語字典裡沒有這個詞，所以就不勞您費心了……」那名學生馬上收到米諾的一記白眼，在眾人投射過來的目光中默默把手放下。

事情聽起來很嚴重，但魔王覺得米諾才是唯恐天下不亂的那一個。

「不過，在此之前，先讓我們搞定第一件事。」米諾的語氣漫不經心，彷彿要講的是件無關緊要的小事，「這所學院有個傳統，為了讓新生能更快融入學習的環境，每位一年級都要找個學伴，對象不侷限同個班級。至於其他事項，新生導覽裡都有詳細說明。記住，沒有學伴的人在執行任務時都會比較吃虧。」補充完最後一點，米諾掃視講臺下的學生，但沒有人敢和他對上視線。

彷彿達成了自己的目的，米諾滿意地勾出一抹微笑，才繼續說道：「總之，新生訓練的地點會在出發當天抽籤決定，分組名單也是那時才會公布。沒有問題的話，就可以解散了。」語畢，米諾收拾好自己的隨身物品，瀟灑地轉身離去，留下一整班錯愕的新生。

導師前腳才剛離開，就有人迫不急待地帶著新生導覽去物色學伴，但也有人認為不必著急，繼續在教室內逗留。羅亞他們明顯屬於後者。

「為什麼一定要有學伴？」羅亞討厭所有麻煩的事情。此時，他不自覺想起夏洛特那張過分陽光燦爛的臉。

「導師怎麼說我們就怎麼做吧，而且本皇女絕對是最佳學伴的不二人選。」菲莉蕬聳了聳肩，自信滿滿地宣告。

「導覽上有說這是為了培養學生的社交能力，同時也能藉機培養團隊合作的能力。導師剛剛也說了，有些任務甚至還要求必須跟學伴一起執行。」白織照本宣科地唸著新生導覽中的說明。

菲莉蕬興致勃勃地提問：「那麼，大家希望找什麼樣的學伴呢？」

白織立刻舉手。「我認為好相處很重要，不過最重要的是能在關鍵時刻保護我。」

「齊格代替阿蒔回答，怎麼樣都無所謂，只要能夠順利畢業就好！」

眾人朝突然出現的陌生聲音看了過去，但對方實在是太過害羞，連頭都沒有抬起來。那是一名黑髮黑眼的蒼白少年，緊緊抿著唇，右手套著的布偶卻十分生動，作為嘴巴的地方開開合合，像是真的在說話一樣熱情地自我介紹。

「嗨唷，我是齊格。」

白織皺緊眉頭，有些遲疑。

「腹語術？」

「才不是腹語術！齊格是阿蒔的朋友！」

「我……我是鬼族的蒔鬼，你們可以叫我阿蒔。齊格是我的朋友，平常我們都待在一起，他幫我了我很多忙，因為我不太知道怎麼和其他人相處，是為了訓練自己的膽量才來就讀勇者學院的。還請、請多多指教。」少年的聲音很微弱，鼓起勇氣偷偷覷了他們幾眼，隨後又低低垂下頭。

短暫瞥見對方的整張臉後，白織半晌才回過神來，「阿蒔是女孩嗎？」

面對白織突兀的問題，蒔鬼也愣了愣，小心翼翼地開口：「不，依照生理構造來看，我應該是男孩無誤。」

蒔鬼雖然留著俐落的短髮，但由於五官精緻、輪廓柔美，再加上因長年缺少日照而死白的肌膚，和不高不矮的中等身形，時常被人誤認成女孩子。

「麻煩死了。」羅亞完全不想加入話題，學伴對他而言不過是另一件麻煩事。而且米諾似乎沒有訂下期限，代表這件事可以先丟一邊，現在他更在意的是另一件事。

「剛才米諾說什麼其他事項導覽裡都有詳細說明，這是什麼意思？還有其他要注意的事情？」

白織再度翻開新生導覽，照著目錄翻到學伴的那一頁。雖然他已將校規和環境配置圖背得滾瓜爛熟，但由於導覽的頁數實在是太過可觀，有些章節還來不及記下來。

「我看看，記得是在這裡沒錯……看到了！」白織找到了先前忽略的幾個段落，直接幫大家唸出來，「當你選定某人作為學伴，必須先獲得對方的同意，避免出現重複學伴的情況。當雙方都確定後，必須在彼此的身上烙印下契約紋章，位置不限。烙印的方法是——」

白織突然瞪大雙眼，不敢置信地看著解說。「親吻?!」

少年脹紅了臉，說不出話來，但一瞥到羅亞的冷厲目光，他趕緊詳細說明：「這上面寫著烙印契約紋章的時候，必須互相親吻對方身上的某個位置，魔法儀式才算完成。」還是處男、明顯也沒什麼交友經驗的白織，光是說出親吻這兩個字就困窘地紅了臉。

「親吻啊……」又不是什麼童話故事，得藉由肢體接觸來確認雙方的心意。羅亞想像著自己得將尊貴的嘴唇靠在任何種族身上的某個部位，哪怕只是輕輕掃過，也讓他打從心底發毛。

菲莉蕬歪著頭，不明白有什麼好大驚小怪的。蒔鬼則是用左手捏住了齊格的嘴巴，不讓它亂說話。

「這件事非同小可，務必慎重看待。」白織說道。他即將獻出初吻，當然不能隨隨便便糊弄過去，而且——

「我還要準備酒精跟消毒棉片，到底是誰想出這種不衛生的契約辦法啊！」

羅亞一臉好煩啊隨便啦，勉為其難地說：「那不如就你跟我簽訂學伴契約吧，這樣也省得我還要另外找人。」

「請恕我拒絕。」

「放心，我早晚都有刷牙。」

「刷牙是什麼意思！你是打算跟我嘴對嘴嗎！」他絕對不要！光是想像那幅畫面，就讓他起了一身雞皮疙瘩。

「真拿你沒辦法，」羅亞嘆了口氣，語氣是滿滿的無奈，「如果我全身消毒的話，你就願意跟我那個嗎？」

「那個是什麼啦！不要用這種會讓人誤會的說法好嗎！」情急之下，白織捂住耳朵，拒絕再聽下去，「而且你搞錯重點了吧！」

魔王冷冷地挑眉，要用那個嗎？可是用那個似乎不怎麼人道，如果這樣拐騙對方和自己簽訂契約，不就等同否認他自身的魅力了嗎？

想了想，他最終還是放棄使用魅惑之術。「你是不是早就決定要跟誰簽定契約了？」

「當、當然啦！」白織硬著頭皮說道，其實心裡也沒什麼人選。他就是覺得絕對不要當羅亞的學伴，總覺得跟他在一起，無論是身體還是精神方面，最後累的都是會自己。

「這樣就沒辦法了。」魔王的表情依舊冷靜，只是眉宇間的皺褶似乎越來越深。

沒辦法了，看樣子只能把那個人列為優先選項了……

已經被某人忘記存在的菲莉蒸和蒔鬼面面相覷，最後獸族皇女將蒔鬼和白織一起拖走，大步離開教室。那個笨蛋就自己慢慢煩惱吧。

大部分的一年級生都肩負著尋找學伴的重責大任，因此在學園各處奔走，忙著和自認適合的人選套交情、搏感情。總之，這是一個註定充滿愛與絕望及失落的忙碌下午。

人多的地方目標也會更多，這是亙古不變的法則。此時此刻，學院裡正好有這樣的地方——學生餐廳。

菲莉蕬拉著白織和蒔鬼，動身前往學生餐廳，不過尋找學伴還是其次，當務之急是要填飽肚子，順便打探其他人的動向。羅亞則默默跟在幾步遠的後方——他只是恰巧決定前往同個方向，絕對不是害怕迷路之類的！

一行人遠遠就能看到學生餐廳的獨特外觀，流線的外型充滿了設計感，樓層挑高，數以千計的玻璃反射著陽光，讓餐廳像個巨大的琉璃燈罩，坐落在學生的必經之處。

一推開餐廳大門，涼爽的氣流便迎面撲來。建築外層的玻璃是用特殊的材質製成，形成一道帷幕，無論外頭是烈日或暴雪，室內都能維持宜人的溫度。即使有狀況發生，強韌的結構也能抵擋外來的攻擊，是學園內最引以為傲的建築之一。

此時正值用餐時刻，餐廳裡面老早就擠滿了各年級的學生。寬敞的學生餐廳一共有三層樓，一二樓是普通用餐區，三樓則是保留給特A生使用的專區。對於這一點，一般學生也是既羨慕又嫉妒，但也只能感嘆不但家世背景不如人，資質和能力也沒有人家好。

用餐是採取自助式，餐廳供應了各國的料理，即使是專屬某南方小島的獨特料理，在這裡也找得到。為了滿足學生們的口腹之慾，餐點都是全天候供應。

在滿滿的人潮中要找到空位其實相當困難，幸好他們瞥到角落的空桌，立即朝那裡走過去。

直到接近時，他們才發現空桌已經先被一個人占去了。

「你們來啦？我已經替你們占好位置了，快過來吧。」夏洛特熱情地朝羅亞他們揮手。

魔王的眉頭微蹙，雖然想無視對方，但學餐內也沒有其他位置了，他只好無奈地接受夏洛特的好意坐了下來。「為什麼你會在這裡?特A生不是有自己的專區嗎?」

菲莉蒸見狀也跟著落坐，而白織在掏出濕紙巾一番擦拭後，才放心地坐下。蒔鬼左右看了看，認命地去幫大家端餐點過來。

「有什麼關係，雖然特A生有諸多特權，但要不要接受又是一回事了。反正我在那裡又不受人待見。」夏洛特大口吃著面前的豬肉蓋飯，一副餓壞了的樣子，手上似乎又多了幾塊不明顯的瘀傷。

「你這樣真的很像受虐兒童耶……」魔王放下餐具，嚴肅地拉過對方的手，用治癒魔法來替他療傷。沒過多久，青紫色的痕跡幾乎都消失了。

「羅亞，原來你會治癒魔法啊?看起來不像初階，學院的課程應該還沒教到吧?」

「這麼簡單的東西就算不用上課也難不倒我。」窩居的那五百年畢竟不是全都在混水摸魚，在那些據瑟那所言會使身心腐敗的休閒活動的空檔，他沒事就鑽研那些古老的書籍，精進自己在各領域的修為。

雖然他沒有進攻人界征服世界的打算，起碼也得學幾招自保。魔族的壽命雖然漫長，但受到致命攻擊照樣會掛掉。

只不過在其他魔族的眼中，他仍然是那個不學無術的廢材魔王。

「等一下，你們說的特A生，」聽著兩人你一言我一語，白織的大腦似乎運轉不過來，努力想跟上進度，「是在說誰？」

「還用得著說嗎？是朋友一號。」菲莉蕬的眸光一閃，似乎早已看穿一切。「說！你是怎麼拿到特A這個頭銜的？賄賂了多少？我也要去求哥哥捐錢給學院！」

「該怎麼說啊，這種事就是順其自然……然後就水到渠成了啊！」夏洛特有問必答，只是他的說法讓人聽了更加火大。

「賄賂是犯法的，何況我們是勇者學院的學生，應該以身作則才對！」白織猛搖頭，一臉驚嚇，深怕友人真會做出什麼傻事。

「小白……」菲莉蘇語重心長地嘆了口氣，進食的動作卻沒有停頓，「我們現在還不是勇者，要等拿到證照之後才算數。所以菲菲認為，偶爾犯個罪還是在合理範圍內的。」

這個皇女是怎麼一回事？道德感不是普通低下啊！白織愣了好幾秒後，也跟著嘆了好大的一口氣。

「既然你是特A生，實力應該不弱，要跟我訂學伴契約嗎？」菲莉蘇懶得再搭理白織，說話的對象換成坐在羅亞對面的夏洛特，直接提出邀請。

「很抱歉，我已經有想簽訂契約的人選了。」夏洛特毫不考慮地婉拒。

「是誰？」

菲莉蘇的臉上沒有怒氣，只是想知道能與她競爭的對手究竟是誰，勢必也是不容小覷的強者。

夏洛特沒說什麼，放下再也引不起興趣的食物，專注地盯著對面的少年。他的雙眼一瞬也不瞬，像是要望進對方的靈魂深處。

答案相當明顯了。

魔王在此時也抬起頭，兩對目光在空中交會，但羅亞的表情卻有些微妙，良久才吶吶地開口：「我又沒說一定會答應你，只是考慮看看。」

「你們的交情未免也發展得太神速了吧！」白織咂舌，左右看著兩人，再度確認他們的關係非比尋常、耐人尋味。

「既然你心底有人了，本皇女也不好勉強，奪人所好可不是我們獸人族的作風。那就決定是你了，小白！」

「我？」白織費了好大一番勁，才意會到對方指的是什麼，連忙出聲拒絕，「為什麼是我，聽起來我也不是妳的最佳選擇不是嗎？還是去找別人吧。」

「沒有了本皇女幫你撐腰，你以為會有誰想跟四眼田雞簽訂學伴契約嗎！」菲莉蕬挺直腰桿，理直氣壯地嬌斥。

「……」白織一時竟答不上半句話，只能默默飲淚。

「既然沒有明確地拒絕，那我就當你是答應囉。」這件事就這樣莫名其妙地拍板定案了。

不知不覺，距離新生訓練剩下不到一週了，其他人陸陸續續都找到了學伴，白織也成為了菲莉蕬的囊中物。只是當魔王問起他們簽定契約的過程時，眼鏡少年卻死也不肯透漏半點口風，讓羅亞很難不胡思亂想。

就連害羞內向的蒔鬼也有了學伴，是別班同樣害羞的少年，聽說他們習慣互傳紙條溝通。不過也聽說齊格老是從中作梗，彷彿是被人搶了女朋友、逼不得已忍受三人行的綠帽男。

魔王的心底還是有點著急的，但他不會輕易表現出來。在吃過早餐後，羅亞隨便找了個身體不舒服的藉口跟米諾請假。

裡。

然而，在溜出教室後，他卻發現一個關鍵問題——他不知道那個人在哪

更正確的說法是，他對對方一無所知。

以往，都是他先找到他的，他卻從來沒認真想過對方是怎麼辦到的。只是單純的巧合嗎？

羅亞收起繁雜的思緒，就在這時，竟然在走廊盡頭看到一抹熟悉的人影。

他毫不猶豫地跟上對方的腳步，經過兩道長廊，拐過三棟建築，似乎漸漸遠離了一般學生的活動範圍，走進一處偏僻的庭院。樹林深處有座寬大的棚架，下方是一間一間的圍欄，似乎關著學院飼養的魔獸。

夏洛特熟門熟路地站到一間圍欄前，開始清理環境，餵養關在裡頭的魔獸，清秀的臉上寫滿專注。在他彎下腰整理鞍具的時候，似乎發現了不遠處那頭醒目到不行的粉紅髮色，馬上認出了來者的身份。

「你不會是在跟蹤我吧？」夏洛特打趣地問道。

「……這是什麼？」看著那張異常燦爛的笑顏，羅亞沉默片刻，才終於從對方身上挪開視線，看向圍欄中的生物。

「是我的騎獸，紅丹。」

紅丹並非隨處可見的普通魔獸，而是名為獅鷲的傳說級生物。這種神獸自帶認主本能，必須從小開始培育與飼主的羈絆，是忠勇善戰的絕佳夥伴。只是這種神獸非常稀有，一般只有在王宮內才有機會目睹其帥氣的姿態。

「竟然是獅鷲，普通人怎麼可能擁有這種稀有的上等魔獸。」

「可惜我就只是個普通人。紅丹陪伴我很久了，是除了琉江之外，我的第二個知心好友。原本不打算帶牠來的，誰知道牠追著我的氣味自己跟了過來。」少年親暱地撫上魔獸的鷹嘴，「幸好校長是個通情達理的人，讓我把紅丹寄放在這裡。對了，你知道校長為什麼忽然換人了嗎？原本的校長不是個高齡老人嗎？」

原來那個老頭沒有將自己是不死族的祕密公諸於世啊，這個卑鄙的傢伙。

「別大驚小怪，校長本來就是種流動率高的職業。」

「是這樣嗎……對了，你想餵看看紅丹嗎？」夏洛特伸手遞來一把青草，鼓勵對方嘗試看看餵養小動物的樂趣。「牠很乖的，我這麼喜歡羅亞，牠一定也會感受到我的心意喜歡上你的！」

魔王不確定地接過青草，對此態度保留，「牠是吃素的？」

「紅丹是雜食動物，什麼都吃。不過最近牠的腸胃似乎不太好，所以我讓牠吃草一陣子，有很久沒吃肉了……」

「以後這種話請早一點說好嗎。」

魔王的聲音悶悶傳來，像是隔著什麼東西，夏洛特疑惑地轉頭，這才發現紅丹已經一口含下送上門的晚餐，巨大的鳥喙幾乎完全罩住了羅亞的腦袋。

「紅丹，那個不能吃啦，不是教過你不能吃鮮豔的東西嗎？可能有毒啊！」夏洛特連忙掰開魔獸的嘴，還不望亡羊補牢地機會教育，紅丹只是不滿地低鳴一聲。

「我才沒有毒。」羅亞的臉上滑下一灘獅鷲唾液，卻不急著抹去。不知是想澄清什麼，他特意出聲強調，只是說法更容易讓人誤解，「不信你吃吃看。」

「對了，都還沒問你找我是有什麼事嗎？」夏洛特似乎沒聽見後面那句話，安撫好紅丹後回頭問道。

「我想知道學伴……」

「喔那個啊，不是早說了嗎？我已經有人選了，只是對方還沒答覆我。」

「所以？」這下魔王更糊塗了。他指的莫非不是自己，而是其他人？

「所以，那個人不就在我面前了嗎？」夏洛特奉上一個善意的微笑。

「就算你這麼做，我也不會感謝你的。」彆扭地轉過頭，羅亞選擇避開夏洛特誠摯的視線，耳根微微泛紅。

「那你還要不要？」

「當然要，既然你都這麼要求了，我也沒必要拒絕。」發現自己似乎太急著答覆，魔王咳了好幾聲，然後才說：「現在要怎麼做？」

「接下來，我們應該要簽訂契約了。」夏洛特的笑顏更盛，鄭重其事地說道，「好了，你應該知道要怎麼做了。」

「什麼？」羅亞愣了愣才恍然大悟，臉色跟著一變，「你是說……啊！」

他怎麼就偏偏忘了那個最重要的步驟了呢？而且還是跟這個傢伙，以契約之吻為誓，成為彼此的學伴。

「來，把上衣脫了吧。」夏洛特一臉躍躍欲試。紅丹嚼著嘴裡的草，看好戲的目光掃視過來。

「呃……？」

魔王瞪大雙眼，內心充滿抗拒，全身發燙地轉身想逃。不料，一隻手臂已經熟稔地搭上他的肩，耳邊傳來某人充滿笑意的嗓音。

「你想去哪？我們還沒辦正事呢！」

怠惰な魔王の転職条件

第四章

出發吧，迎向校外新生訓練

How to Change Career
from Demon King to Hero

新生訓練為期三天，預計將一年級新生分成五組，分別送往五個不同的地點。關卡各有不同，每天都會指派一項任務，通過才會累計分數，作為每位學生綜合實力的依據。

第一天早上，還不到六點新生就被集合在一起。看得出來他們臉上的擔憂和焦慮遠大於興奮，眼睛下方的陰影顯示昨晚都沒怎麼睡好，一早又被超大音量的廣播驚醒，讓所有人的心情十分煩躁。

經過各位導師不怎麼謹慎的事前討論，訓練的地點定為古堡、墳場、遺跡以及廢棄的船廠和醫院五處，距離有遠有近，交通工具也都準備妥當，等抽籤的結果出爐，新生們就能出發了。

羅亞他們班抽到古堡組，必須搭乘客輪才能抵達目的地。

抽完籤後，所有一年級生分成五列，依照導師的指示搭上不同的交通工具離開。

古堡組先是和廢棄船廠組搭上同一列火車，接著在港口分道揚鑣，登上客輪出海。航行時間約一個小時，才剛上船，魔王就受夠了海上潮濕的水氣，只想窩進船艙休息。這時，人群卻傳來了議論聲。

「你們看，那個金頭髮的，是今年的特A生嗎？」

「臉是長得不錯，但看起來沒什麼大不了的。」

「你不要胡說，既然都得到了特A這個殊榮，想必實力是經過導師認可的！」

「欸，還有，那邊那兩個，不是A班的尤里和海爾嗎？」

「我們古堡組竟然就分到一位特A和兩位A班的學生，搞不好我們會是最快通關的組別！」

「別傻了，A班生幾乎等於是組長，每組分到的人數差不多好嗎。不過有了特A生，相信這三天都不會遇上什麼太大的困難。這樣一想，還真是振奮人心啊！」

周遭的人聽到後，表情總算不再緊繃，終於能以平常心來看待即將到來的挑戰。

畢竟在場這五十五人是接下來要共度三天的伙伴，於是大家輪流自我介紹，一一報上自己的姓名和所屬的班級，好加深彼此的印象，有些人甚至加碼分享專長興趣，才不至於淪為記憶點模糊的路人甲。

現在大家對彼此都更為熟悉，相處起來也不像剛開始那麼不自在，反倒有種校外旅行的氛圍。

就在此時，船隻發出鳴笛聲，尖銳的聲響穿透海面上的濃厚霧氣，接著他們就抵達了目的地──一座荒涼的無人小島。

一等船靠岸，眾人便迫不急待地提著三天份的行李下船。

才踏上不知名的北方島嶼，冷冽的海風便迎面撲來，遠方山丘上聳立著破敗陰森的古堡，居高臨下地注視這群不怕死的新生。糟糕的天象也像是在嘲弄他們，將天空撕扯得四分五裂。他們這才產生訓練開始的真實感，全身湧現一股無以名狀的戰慄。

「走吧！」A班的尤里揚聲喊道。

幾乎是一下船，兩位A班生便率先走在前頭，帶領一票新生往山丘上的古堡前進。新生沉默地跟上，雖然在船上放鬆了不少，但下船之後，緊張焦慮的感覺全數回籠，如鬼魅般跟隨著這一群少年少女。

他們無法預料這趟旅程將會面臨怎樣的難關，最令他們感到不安的是，導師並沒有一起同行。這跟他們原先想像的有很大的出入，導師不在意味著無法及時給予他們任何實質上的幫助。

這趟旅程畢竟是為了測試新生遇上突發狀況時的應變能力，勇者所需的膽量自然也不可少，所以才會在開學沒多久舉辦新生訓練。導師雖不在場，但應該會躲在暗處偷偷觀察他們在試驗中的活耀程度，以便評量分數，但這只讓他們更加不安。

到最後終究只能倚靠自己，無法指望來自外界的幫助。

海爾不悅地擰起眉，喝令眾人止步，看向一個個滿頭大汗的年輕臉龐，

「你們當自己是來度假的嗎?為什麼要帶那麼多派不上用場的東西?」

海爾跟尤里幾乎是輕裝上陣，全身上下只有一個小行囊，裡頭只裝了遇上緊急情況時的應急物品。

「訓練有整整三天啊，當然要備齊足夠的糧食，沒吃消夜我會睡不著的！」有人率先辯駁道。

其他人見狀也紛紛跳出來，說明自己帶的絕對不是什麼派不上用場的東西。

「扔掉。」冷冷的話出自海爾口中，光是這兩個字背後帶來的強烈壓迫感，就足以讓在場新生的背後竄過一抹惡寒，乖乖閉上嘴。

見其他人沒有回嘴的打算，海爾又繼續說：「你們帶的物品在往後的三天都會是累贅，所以只保留必要的，其餘用不上的一概扔掉。」

「抱歉各位，關於這點我跟海爾抱持相同的意見。但也不是要你們真的扔掉，先暫放在這裡，回程的時候再來拿就好了。這座小島上沒有居民，你們不用擔心自己的東西會遺失。」為了緩和氣氛，尤里趕緊跳出來打圓場，溫和的聲調特別容易讓人信服。

大伙這才心不甘情不願地開始動作，把篩選過後確定用不到的東西一一扔掉，就連白織也必須忍痛丟棄心愛的書籍，在訓練結束之前暫時讓它們待在這裡。

沒過多久，路肩便出現一座體積可觀的垃圾山，夾雜的物品五花八門，令人眼花撩亂。

「羅亞，你沒什麼要丟的嗎？」白織發現羅亞都沒什麼動作，狐疑地詢問。依照他對對方的瞭解，做這類多餘的事情時不可能沒有他的份！

「有，白織。」羅亞一臉煞有介事地回應，真誠地看向應該要被丟棄的友人。

「喂，你丟掉的是我們的友情啊！我們的友誼難道是這麼隨便就能丟棄的嗎？別露出一副可惜的樣子啊！」白織頓了一下，發現自己實在太容易隨羅亞的話偏離重點，立刻把注意力轉回對方身上。

他一直都跟羅亞一起行動，怎麼之前都沒有注意到呢？羅亞身上的裝備輕盈到彷彿只是出門逛街，竟然連換洗衣物都沒帶。

清掉了不必要的「垃圾」之後，隊伍才又動了起來，一行人在A班生的帶領下，繼續朝坐落在山丘上的古堡邁進。果然裝備減少之後，前進的速度也加快了，十分鐘後，他們就在古堡的大門前站定，一邊感受陰風陣陣的氛圍，一邊震懾於古堡壓倒性的氣勢。

整幢建築散發出詭異的淒涼感，絕對是除了墓地及廢墟外，最適合測試勇氣的場所。

眾人奮力抬起目光，想看看古堡的頂端在哪，隨著視線逐漸上移，紛紛艱難地吞下唾沫。海爾和尤里推開古堡厚重的雙扇大門，示意殿後的其他人跟上。

一踏進古堡，首先迎接他們的便是厚厚一層灰也掩不住昔日輝煌的大廳，還有完全不令人意外的霉味跟腐朽味。這些都是歲月的痕跡，顯示時光在此無情地流逝。

「真的是……非常有試驗的氣氛呢。」尤里發出一聲感嘆，無意中說出眾人內心的想法。

驚嚇時刻尚未結束，又有新的動靜出現。身後突然傳來一聲巨響，眾人回過頭，發現大門竟然自動關上了。

「大門被鎖上了！」上前試圖拉開大門的新生大聲示警，他們被困在裡頭了。

聞言，立即有幾位學生衝上去幫忙，但無論怎麼撞怎麼踹，甚至拿武器出來砍，大門不但文風不動，也沒有半分損傷。沒想到這扇門沒有隨著時光而腐朽，仍然異常堅固。

「羅、羅亞你的手抖得好厲害啊！」

「那是因為你一直抓著我的手。」

「什……喔，抱歉，我沒有注意到，哈哈哈！」白織尷尬地放開死命抓著羅亞的手，轉而環抱住自己，繼續渾身顫抖，牙齒格格作響。

「現在要怎麼辦？」羅亞掃了一眼已經慌了手腳的新生們。

「就只能上樓了吧。」一道清亮的嗓音不慌不忙地回答，羅亞循聲回頭，一顆金燦的腦袋立即躍至眼前。

「我還在想怎麼都沒看到你呢，畢竟符合特A生跟金髮這兩項特質的人，除了你就沒有別人了。」羅亞並不意外對方的出現。自己好像無論到哪都能遇上這傢伙，不過他目前不討厭就是了。「你剛剛去哪了？」

「沒什麼，」夏洛特沒有正面回答，話鋒一轉，調侃似地說道，「這麼快就想我了？」

「你想太多了。現在，可以上樓了吧？」

「當然，請。」夏洛特紳士地擺出請的手勢。

其他人在對大門無計可施後，也都上到二樓，誰也不想被留在空蕩蕩的大廳裡。

二樓似乎是這次訓練的住宿空間，走廊很長，沿途有多個房間，一路延伸到盡頭。房裡的家具雖陳舊，但一應俱全，勉強可讓人住上幾晚，每間房間的風格也頗為一致，沒有什麼優劣之分。

「好，接下來呢，」海爾猛然停下腳步回頭，後方毫無防備的新生們就這樣撞成一團。「在分房前，我需要把你們分組。同組的人睡在一起，彼此也有個照應。」沒人對此有異議，也許這對目前未知的狀況來說，是最好的做法。

女生人數比較少，就簡單地分成兩組，其餘的男生則隨意找人組隊，一組四到五人，可分成九組。兩位A班生則住一間房，雖然跟特A生比起來，他們只擁有少許特權，但至少不用跟陌生人擠一間房。

於是走廊上的十二間房都分配完畢，大家都迫不急待地想看看未來三天就寢的地方。

羅亞他們這組被分在走廊盡頭的邊角房間，白織與沖沖地握住門把，卻發現門上了鎖。左右看看，其他組的人都順利地進出房間，討論著要如何分配床位。白織的心一涼，難道只有他們這間房上了鎖？

「羅亞，門被鎖住了，要不要問問A班生，看他們有沒有備份鑰匙？」雖然他覺得可能性相當低，但眼看別組都已經安頓好了，白織實在是不想浪費時間，轉頭向羅亞求助。

他們千里迢迢好不容易來到這裡，現在只圖個溫暖的床鋪能撫慰他們疲憊的心靈，這樣的要求有很過分嗎？

「有人在嗎？」羅亞直接抬手敲門，空洞的聲音在偌大的走廊裡迴響。

「你在幹嘛？再怎麼敲都不可能有人回應吧？還是去找人拿鑰匙比較實際。」白織沒好氣地說。

「但是，在進古堡之後，我沒有看到類似管理室的地方，所以真的有備份鑰匙嗎？」夏洛特務實地提出疑問，他這個特A生自願放棄特權，硬是跑來跟羅亞他們擠一間。

「唔。」白織一時陷入無語，看著羅亞繼續大力敲門。

沒想到半晌後，門那頭竟然傳出回應：『是誰啊？不要吵我睡覺！』

飽含怒意的低沉嗓音讓門前的少年們嚇了好大一跳。現在走廊上只剩下他們這組還孤零零地被留在外面，其他人全都進房休息，為接下來的試驗做足準備。

羅亞只是不以為意地繼續敲門。

『是伊莎貝嗎？都說過好幾次了，早餐等一下再送，先讓我補眠再說！』門的另一頭繼續傳出男子嗓音，而且還擅自將他們當作一個叫伊莎貝的人。

「快點開門！再不開門的話，別說早餐，我會讓你連最後一餐都吃不到！」羅亞敲門的節奏越來越快、聲音越來越大，到最後簡直變成了噪音，劇烈的敲擊像是下一秒就會直接把門拆了。

男人這下也怒了，睡意被驅走了大半，乾脆一鼓作氣從床上爬起來。

『伊莎貝，我不是說了……』話音到此忽然中斷，男人似乎意識到了什麼，眼神一凜，『不，你不是伊莎貝，難道說……慘了！我竟然睡過頭了，該死的！』

緊接著傳來一聲巨響和男人的慘叫，似乎是不小心摔下床了。羅亞他們隔著門，看不見裡頭的情況，四人都好奇地將耳朵貼在門板上，忍不住猜想裡面是怎樣的狀況。

『我的衣服到哪去了？還有褲子！天啊，饒了我吧！』

門後繼續傳來男人煩躁的低語和緊張的腳步聲，在一陣翻箱倒櫃的聲響後，突然無預警地安靜下來。羅亞他們還來不及反應，原本緊閉的門扉竟然輕輕地朝內滑開——

壓在門板上的重量來不及收回，四人往前跌成一團，頓時塵埃四起，白織被厚重的灰嗆得眼淚都流出來了。

房間內空無一人，哪有什麼男人，連半個人影都沒有。

大家面面相覷，隨後像是達成了什麼協議，爬起來在房內各處尋找男人的蹤影。他們把房間翻了個底朝天，卻什麼也沒找到。

「剛才真的有人在這裡睡覺嗎？」白織將床罩一抖，塵埃頓時漫天飛舞，完全看不出前一刻還有人躺在這裡。肺部突然吸進大量灰塵，眼鏡少年猛力嗆咳，感覺下一秒就要吐了。他嫌棄地扔下手中的髒東西，雞皮疙瘩瞬間爬滿全身。

「該不會是碰到幽靈了吧？」羅亞坐上離他最近的單人床，意有所指地說。

「這個世界上才沒有那種東西，平民不可能傻到連這種謬論都相信吧？」不知何時出現在眾人後方的菲莉蘇雙手環胸，高傲地抬起下巴，眸底閃現自信的光芒。

「呃那個，其實有的喔……」蒔鬼默默地湊上前發言，臉上露出有些蒼白的微笑。

「呀！！！」沒料到身後站著人，方才還信誓旦旦的獸人女孩嚇得縮起肩、垂下獸耳，飛奔到床鋪上將自己蜷成一團瑟瑟發抖，儼然忘記前一刻說了些什麼。

「有什麼好害怕的？真是膽小鬼。」齊格對此表示輕蔑。

「你這個破布偶給我閉嘴！」即便是面對這樣的狀況，菲莉蒸仍不忘維護自己的尊嚴。

「齊格，別這樣，要跟大家好好相處啦。」蒔鬼不贊同地勸道。

「我一直都有跟大家好好相處啊，是他們不懂怎麼跟布偶相處好不好，這不能怪我。」齊格冷冷地說，臉上代表眼睛的鈕扣卻罕見地動了動，看向床邊，「這裡有五張床，一人一張剛剛好，我是很想要這麼說啦，但為什麼菲莉蒸也在這裡？」

這麼說來，大家才忽然意識到不對勁，紛紛轉頭盯著已經從驚慌中回過神來的獸人女孩。

「學伴難道不該待在一起嗎！」菲莉蘇理所當然地說。

「可是菲菲畢竟是女孩啊……」白織的臉上浮現為難。

「所以呢？」沒想到菲莉蕬仍然不為所動，甚至微微皺眉，好像有問題的是他們，「女孩又怎麼了，反正我本來就是打算床都歸我睡，你們睡地上，這樣就沒問題了吧？不用擔心我會對你們出手，我的體力沒那麼好。」

「這個女孩知道自己在說什麼嗎？」齊格搖頭嘆氣，連他這隻布偶都快看不下去了。

「不太好吧，男女授受不親啊。我覺得還是……」在接收到菲莉絲凶狠的目光後，白織連忙改口，「既然有五張床，一人一張也沒關係，對吧各位？」

「……」在場的其他男性只是無言地看著眼鏡少年。

這時，房門被人推開，砰一聲打在不夠堅硬的牆面上，在眾目睽睽之下掉了好幾塊灰，代表他們的清掃工作又多了一項。

「你們這組只有一小時可以清理房間，但顯然你們什麼都還沒開始做。」海爾大致環顧了房間內的陳設，「一小時後在大廳內集合，你們還剩下五十九分，遲到的人要替所有人跑腿！」話音方落，房門又被狠狠地甩上，讓人不禁擔心起門板的堅固程度是否禁得起再讓人摧殘幾回。

「我為什麼要聽他的？沒記錯的話，這個叫什麼海耳的也是一年級新生吧？」魔王微微蹙眉。

「因為他跟尤里都是A班生啊。特A跟A班在學院都是位在金字塔的前端，像是有團體行動的課程都需要有個領導人，通常導師會直接指派那些菁英來擔任。」

羅亞不是不能理解夏洛特的意思，只是實在無法認同，畢竟以往他都是發號施令的那個人。「那你呢，特A生不是比他們更有資格說話？」

「哎呀，這種事我本來就不擅長啊，」夏洛特的臉上浮現苦惱的神情，搔了搔頭，「而且也沒什麼興趣，不過要是你想要我命令你的話，我會努力嘗試看看的！」

「……不了，我沒那種嗜好。」

房間內有五張單人床，另外還貼心附設衛浴設備和儲藏空間，令人忍不住猜想這座古堡的前身到底是什麼。想必應該是屬於某位達官貴族，可惜現在空置了下來，孤零零地等待新主人再次點燃昔日的輝煌之火。

匆匆分好床位、將房間打掃乾淨後，羅亞他們來到大廳集合處，其他人都已經等在那裡了。

「好了，所有人都到齊了吧？」尤里一臉和善地拍拍手，吸引所有人的注意，「我剛剛接到來自導師的指示，在第一個指令到達之前，來玩場小遊戲吧，算是暖身活動！」他的目光流轉，示意身旁的海爾解釋細節。

「我們在城堡的十一個地方都放上了不同的食材，這是地圖。」海爾廢話不多說，立即詳細說明活動內容，一邊將手中的資料發下去，每組都拿到一份古堡內部構造的地圖，「請各位務必在晚餐前回到這裡，到時候可以利用找到的食材在廚房做成料理，那就是你們今日的晚餐。」

「現在是五點半，」尤里指著掛在牆上的超大壁鐘，在解說遊戲規則的期間，秒針仍不間斷地前行，「八點一到，無論有沒有找到食材，請務必回來這裡集合。好！解散！」

話聲落下的同時，各組同時開始行動。有些人似乎早就鎖定目標，領著小組成員快步離開。而行事比較慎重的人，則是在跟隊友討論過後，決定逐一搜尋每個樓層。也有些人打算進行地毯式搜索，任何蛛絲馬跡都不願放過。

「還記得嗎？A班那兩人給了我們一小時清掃房間，很可能他們就是趁著那時藏好所有食材的！」

「所以呢？」白織不明所以地望向菲莉蕬。

菲莉蕬無奈地拍了拍額頭，一副受不了笨蛋的樣子。「所以說，他們不可能跑得太遠，範圍是在來回不超過一小時的地方，也就是說可以先將二樓以上的樓層剃除掉了！」

「那我們就由房間為中心點，朝附近一路搜索過去吧！」

白織從蒔鬼的手中接過地圖，他方向感好，帶領眾人的責任自然落在他肩上。

他們這組的進度明顯落後其他小組，於是一秒也不敢耽擱，深怕被其他組搶光所有食材。

首先來到的是離他們房間只有十分鐘路程的廚房，已經有好些人在這裡東翻西找，快將整間廚房都掀過來了，仍舊一無所獲。

白織默默地在地圖上的廚房所在處打上了叉叉，從地圖上看來，古堡內似乎還有另一間更大的廚房。不過由於是在反方向，而且路途遙遠，根本無需列入考量。

接著他們又退回長廊上，廊道的兩側掛著一幅幅男女老少的肖像畫，似乎是古堡前任主人的家庭成員。在那個時代，擁有自己的肖像畫是某種特權的象徵。

由於畫中人物的服飾和髮型明顯年代久遠，色彩略微黯淡，即使笑容可掬，還是給人一種別有心機的錯覺。

「我們趕快離開這裡吧，這條長廊好陰森！」菲莉蕬只敢直視前方，刻意挑離肖像畫最遠的直線距離走。

「膽小鬼，這些只是古人的畫像，有什麼好怕的。真正可怕的東西你們還沒見過呢！」齊格就顯得十分淡定，對女孩畏懼的反應嗤之以鼻。

「就是因為是死掉的人的畫像才可怕啊！」白織不斷摩擦環繞在胸前的雙臂取暖，寒意不停從腳底板竄上來。

「其實死掉的人並不可怕，可怕的是那些活著卻做出猶如惡鬼般行為的人。」蒔鬼說這些話的當下，背後彷彿漂浮著幾簇鬼火。

「不要再說了啦！」菲莉蕬蓋住自己的獸耳。

「這種畫像我家倒是有很多呢。」夏洛特停在一幅女人的肖像畫前，自言自語道。

畫中的妙齡女子長得很漂亮，不是庸俗的那種美，而是帶著典雅清新的氣質，宛如含苞待放的百合，生得楚楚動人。嘴角微微彎起的弧度，以及視線稍稍下移的時刻剛好被畫師捕捉到，柔和的筆觸完美呈現女人嬌羞含蓄的清麗優雅。

「你家？」魔王對畫中的女人視而不見，倒是被夏洛特的話撩起了幾分興趣。

尋常家庭是請不起畫師的，只有大富人家或是王公貴族才能請到有名的畫師為家人作畫，作為家中的藝術品珍藏。這可以說是有錢人家的傳統，能彰顯家族的非凡身分，意義非同小可。

「喔，我是指家父喜愛收藏這類的畫像啦。」夏洛特趕緊糾正自己的說法，試圖帶過話題。

「是喔？你父親的喜好還真特殊。」羅亞微微皺眉。一般人會特地去收藏別人家的肖像畫嗎？

緊接著，眼前一幅肖像引起了羅亞的注意。畫中人物是一個年約三四十、面帶怒容的男人，微微上吊的眼睛凶狠地注視著他們一行人，下撇的嘴角似乎遊走在暴怒邊緣，好像隨時會衝出畫來臭罵他們一頓。

「感覺好像少了些什麼？」羅亞的視線在畫中男人光滑的下巴上游移。

「什麼都沒少吧？可以離開這裡了嗎？」比起剛才的女人，白織對男人的肖像畫更沒什麼好感，而且以負數加倍成長。

「啊，是鬍子！」羅亞靈光一閃，想到了讓他在意的關鍵。

「鬍子？」其他四人都不曉得羅亞想要表達什麼。

羅亞不知從哪掏出一支奇異筆，已經拔開筆蓋開始在畫像上塗鴉。

「羅亞，你在幹嘛啊！」白織崩潰地慘叫，完全來不及阻止。他們這樣算不算損毀古物啊？

「好了，果然這樣才完美啊！」

作畫完畢，羅亞將奇異筆收好後退一步，滿意地欣賞自己的傑作。加上了粗黑狂野的線條後，畫中男子看起來更加憤怒了。原本光滑無比的下巴此刻多出了濃密的鬍子，一路延伸到兩側臉頰和耳下，比起貴族伯爵，此刻看起來更像連續殺人魔。不知道是不是錯覺，男人憤恨的眼神感覺都快噴出火來了。

「你們說，他的眼睛是不是動了一下啊？」菲莉蕬不自覺地後退一步，下意識地想與這幅在羅亞的巧手之下看起來更加詭異的肖像畫拉開距離。

「這不會是油性奇異筆吧！」夏洛特試著用手指去抹被羅亞塗黑的地方，卻發現只能摸到光滑的表面，只有油性筆才有這種速乾的效果。

「雖然不知道你是誰，但我對你感到很抱歉，請原諒我們。」蒔鬼誠心誠意地喃喃低語，雙手在胸前合十，像個自家小孩做錯事，到處跟人道歉自己管教無方的家長。

這時候，遠方傳來低低的交談聲，似乎有別組的人剛踏入了這條長廊，準備進行地毯式搜索。

基於毀壞他人財物的罪惡感，白織等人迅速架住羅亞，半拖半扯地閃進旁邊的房間。

視野突然一暗，大家有點措手不及，迅速適應黑暗之後，所有人才鎮定下來。

看來這是一個沒有窗戶的房間，不知道當初建造時的用途是什麼。

沒過多久，一陣光芒從夏洛特的手中發出，頓時照亮整個空間。

「哇，原來你會使用光系魔法？」白織眨了眨眼，勉強適應突如其來的強光。

「這只是手電筒，以現在的科技發展，即使不用魔法也能辦到很多事情喔。」夏洛特將手電筒的光圈調到最大的照射範圍。

「這裡似乎是間倉庫。」

就如同齊格判斷的那樣，眼前的空間裡堆積著許多雜物，視線所及的範圍皆覆蓋上一層厚厚的灰，角落也結了一張張的蜘蛛網，讓人打消觸碰的念頭。反正也沒什麼值錢的物品，所以他們只是用目光大致瀏覽一遍。

白織最先發現怪異之處，「你們看，只有這裡沒有灰塵，看來有人移動過這邊的物品。」

夏洛特拿著手電筒走近一瞧，發現真如白織所說，便蹲下身移開附近的雜物，仔細檢視那一塊區域。後頭果真露出一包紙袋裝著的物品，依照紙質潮濕的程度來看，似乎是近期有人擺上的。

「裡面好像有什麼……是食材！我們這組的晚餐有著落了。」

沒想到這麼輕易就被他們找到了，看來能在約定的時間之前回到集合地點。

一行人都很高興，由夏洛特帶頭，正要退出這間待久了顯然對呼吸系統不太好的倉庫，卻聽見領頭走在前方的少年發出驚呼。

「門被人從外頭反鎖了！」

「耶？不是吧！」眾人大驚失色。

「交給菲菲吧！」菲莉蕬走到唯一的出口，先用肩膀頂住，試圖用蠻力將門撐開一條可供人通行的縫隙。「需要力量的話，可別小看獸人族的力氣啊！」

但這裡的門似乎也是用上等的木材打造，質地異常堅固。就如古堡內的其他門一樣，雖然在外觀上的設計不盡相同，唯一的共通點就是——沒有鑰匙是打不開的。

「我不行了……」菲莉蕬嘗試十分鐘仍未見效，便忍痛宣告放棄，語氣帶上了絕望。「而且，不覺得這裡很悶嗎！」

經菲莉蕬一提，眾人才赫然想起這裡是沒有窗戶的房間。也就是說，空氣在這裡是不流通的，如果再不想辦法出去的話，他們很可能會死於窒息。

「大、大家別慌，相信我，最後一定能出去的！」白織自覺應該擔起安撫組員的責任，但顫抖的聲音卻讓效果大打折扣。

「你才更應該冷靜吧！」羅亞沒好氣地補一槍。

「有老鼠啊，我討厭老鼠！」白織驀然發出高分貝的驚叫，抱著懷中的食材不斷跳腳，試圖閃避在地上吱吱亂竄的小老鼠，但由於空間過於窄小，又得小心不要撞到其他人，只能可憐地在原地跳上跳下，一顆花椰菜也因此掉了出來。

羅亞一臉若有所思地走過去，彎腰拾起地上的花椰菜，但他在意的不是菜的種類，而是地板，以及在其下隱藏的未知空間。

「剛剛花椰菜掉下去時，地板底下有回音，或許有密道也說不定。」沉思片刻後，魔王做出大膽的推測。

羅亞蹲下身，雙手胡亂地摸索。接著就如他所預料的那般，果真碰到了一個類似機關的凸起物。他輕輕按壓，下一秒，地板的其中一塊向旁移開，露出一個伸手不見五指的地道，階梯一路向下延伸到地底深處。事情似乎越來越有趣了。

羅亞抬起探詢的目光，一一看向其他人。「要下去嗎？」

下去地道似乎是目前最好的做法，這條通道可能通往出口，但也可能通向另一個未知的地方。若真的是那樣，他們又會回到最初的窘況，被困在新的地方，哪也去不得。

更糟糕的是，還不知道另一端有沒有什麼致命的機關在等著他們。

「萬一下去的話又是條死路怎麼辦？到時候還不見得能找到原路順利折返回來。」齊格不確定地望向地道深處，黑黝黝的什麼也看不真切。

「但是，去到下面或許還有一線生機，總比五個人待在這裡最後窒息還要好吧……」蒔鬼提出意見。

「夏洛特，」羅亞扭頭朝身後的少年喊了聲，對方立即回過頭來，「拿去，我們要走了！」花椰菜順著完美的拋物線，穩穩地落進夏洛特的掌心。

「下去這裡安全嗎？」白織湊過來察看，這麼狹窄的地道，勉強只能容許一個人通過。

「感覺會有什麼魔獸或者是幽靈出現呢，真叫人期待。」羅亞略帶興奮地說。

魔王城的內部構造也有類似的錯綜複雜的地道，但向來都在房裡窩居的他，根本懶得去嘗試冒險的滋味，只是在虛擬世界過過乾癮，眼下的機會反而讓他有些躍躍欲試。

「還愣著幹嘛？不去的話，我可要先走了啊，這個讓我拿著。」

羅亞一把奪過夏洛特手中的手電筒，率先踩著階梯而下，身影逐漸被黑暗吞沒。前面有說過，魔族具備優異的夜視能力，根本不需要依靠照明設備，他拿著手電筒，只是想增添一絲探險的氛圍。

「羅亞，這時候不是應該避免單獨行動嗎！」白織匆忙地跟進，追隨羅亞的腳步深入暗處。

在他們一個接一個進入地道後，入口無聲地滑回原處，與周圍的地板完全密合，看不出一絲異樣。彷彿在宣告一項簡單的事實：此路不通，有去無回。

第五章

鬼屋不只有女鬼，還有
連續殺人魔

從地道深處吹拂過來的風，帶著腐味以及厚重的濕氣，使空氣變得異常混濁，也帶來了——死亡的氣息。

隨著石階逐步而下，地道寬闊的空間跟著在眼前展開，但由於牆上並沒有安裝任何照明設備或是器材，一行人還是得仰賴此刻拿在羅亞手中的手電筒，由他領在前頭開路。

「看不出這地道當初是用來做什麼的。」夏洛特四下張望，這地方什麼都沒有，不可能是避難時的躲藏空間。

「什麼用途都無所謂啦，只是這個地道真的有出口嗎？」羅亞不經意地提出其他人都想知道的疑問。

地道似乎不斷延伸，偶而會遇上分岔的路口，但領在前方的羅亞幾乎是一秒就決定了他們的去向，毫不遲疑地持續深入，完全不搭理另外四人的意見。

「你一直在帶著我們繞圈子，你們看！」菲莉蘇指向牆上的刻痕，這痕跡很新，明顯是有人剛剛刻下的，「這是我做的記號，這地方在十分鐘前就已經走過了！」

「那不然下次改走左邊好了？」雖然左邊不是絕佳的選項，不過現在的情況非同一般，他也是可以勉勉強強接受啦。

「這並不是走左邊或走右邊的問題！」菲莉蕬怒斥。

「不要吵了，其實這事也怪我不好！」白織趕緊跳出來打圓場，免得等等出現流血衝突，「我忘了說羅亞是路痴。」

「……」這種事情要早說好嗎！

片刻後，隊伍才又繼續前進，只不過這次帶頭的人換成白織，大家都沒有異議。

「有氣流的話就代表附近有通風口，而水流則表示順著聲音走，就有機會找到排水口。只要找到兩者之一，很快就能找到出去的方向。」

「可是我什麼都沒有聽到，而且你們不覺得路面變得有點難走嗎？話說好像有人在扯我的褲腳，你們也有遇到相同的情況嗎？」夏洛特的嗓音倏地從隊伍尾端飄來。

「你在說什──」

其他四人在不知不覺中與殿後的夏洛特拉開一段不小的距離，所以完全沒察覺後方發生了什麼情況，就連原本還在悠閒漫步的羅亞也超前了許多。

菲莉蒸煩躁地扭頭察看，到底是什麼東西拖慢了最後一人的速度，卻在回視的瞬間愣住了。

其他三人也跟著回過頭去，反應也完全相同。羅亞的眼神則死到不能在死，有些後悔他們根本就不該下來這條地道的，瞧瞧把什麼引來了。

「夏洛特，我奉勸你一句，不要往下看對你比較好。」獸人女孩原本中氣十足的嗓音突然間變得薄弱，彷彿見到什麼駭人的景象──事實上也的確是。

「什麼意思啊？」殊不知這番沒來由的話只加深了夏洛特的好奇，在褲腳上的未知阻力干擾下，索性定在原地不走了。

「總之，你什麼都不要想，只要想想世界的美好！」白織也是一臉畏懼。

聞言，羅亞的眉頭不苟同地一皺，忍不住插話：「你以為你是什麼童話世界的公主嗎？這世界本來就是以殘酷、血腥、無情構成的！」

「羅亞，你閉嘴啦！」白織不悅地反擊回去。

「少年仔，見識一下令人感到畏懼的事物，也是鍛鍊心智的一種。」齊格語重心長地表示。

「齊格，你為什麼忽然用這種奇怪的腔調說話？」蒔鬼低頭看了看左手上的布偶，對方只是擺出像是聳肩的動作。

「真是的，你們幹嘛都一副見鬼的樣子，這樣只會讓人更期待會看到什麼吧？」見到眾人奇異的反應，夏洛特卻更加感興趣，這時扯住他褲腳的東西開始使力往上攀爬。

菲莉蒸艱難地吞了口唾沫，然後彷彿下了什麼重大的決定，深深吸進一口氣，接著張嘴大喊：「跑！」

在獸人女孩的一聲令下，其他人就像終於找回僅剩的理智，迅速轉身以跑百米的速度往前衝刺，全然不顧在後頭的少年無助的呼喊，把勇者守則中要團結互助的精神完全拋諸腦後。

夏洛特終於忍不住低頭一看，未知生物的謎題揭曉——巴著他的腿不放的，竟然是一個披頭散髮，有著鮮豔紅唇，空洞的雙眼緩緩流下兩條血痕的女鬼！

在她死白的肌膚底下，血管仍清晰可見，錯綜複雜地延伸至全身各處。殷紅的血水從女鬼的每一個毛細孔滲出來，彷彿是因為悶熱而大量流汗，只不過流出來的換成了鮮血。

「呃，妳好啊，這位生前應該很美麗的小姐？」

「處男……給我處男之血。」女鬼恍若未聞，只說出自己想說的話。

夏洛特的耳根子一紅，臉頰驀然泛起熱度。「恐怕妳找錯人了，即便現在尚未開封並不代表以後不會被開封。順帶一提，我已經心有所屬了，妳是不會有機會的，所以能請妳放開我嗎？」

「我要處男……」

「其實我真的不想動粗，原諒我。」聳肩過後，夏洛特一腳踹開女鬼，然後全速衝刺，頭也不回地跑開。

不知不覺跑到了地道盡頭，眼前出現了一扇門，夏洛特不假思索地開門閃進去。他如釋重負地鬆了口氣，一邊謝天謝地終於來到出口了。

然而，一進門他便迎面撞上一堵肉牆。

「噓！」齊格卻朝著後來居上的夏洛特比出噤聲的手勢，示意他稍安勿躁，因為在前方的是另外一個突發狀況。

「這是……」夏洛特這才將周圍擺設大致瀏覽一遍，在看清房內的全貌後，他不禁瞠大雙目，有好一會腦袋都呈現當機的狀態。

「即便是我，也覺得這房間太病態了，一點美感都沒有，明明可以更有效地利用的。」比如說拿來儲放漫畫等各類書籍。羅亞環視房間的目光毫無畏懼，完全沒自覺他們來到了一個不得了的地方，只想著這裡簡直俗氣到了極致！

雖說是房間，這裡卻比較像某種工作室，而非讓人在此放鬆心靈懶散度日的場所。

空間大這點無庸置疑，室內卻不見椅子和床的蹤跡，彷彿空間的主人嫌這些東西礙手礙腳，只在中央和角落各擺上一張大長桌。

中央那張桌上擺著各式手術用具，還有不知用途的器皿，角落的桌上則放置著宰殺動物的各項刀具，牆上也垂掛著看起來相當危險的鋒利物品。

房間籠罩著死亡的氣息，室內的溫度驟降，一股寒意沒來由地竄起。

「不妙……太不妙了……」白織出神般地喃喃自語。

羅亞走到房中央的長桌前，拿起一把亮晃晃的手術刀查看。與古堡內覆滿灰塵的家具不同，這些器具被人細心維護著，上頭看不到指紋印，光滑的表面能輕易映出持刀者的相貌。就連刀尖的鋒利程度也不容小覷，如果有人認為這些刀具因為擺放了幾百年而掉以輕心的話，可是會吃虧的。

「不知道可不可以偷偷帶一把回去，送給瑟那卿的話他應該會很高興吧？就騙他說這是古堡出產的紀念品。」羅亞低聲自言自語。反正這也算實話，既然是在古堡裡拿的，當然能算是紀念品。「是時候展現一下我身為王的慷慨氣度了，就這麼辦。」

正當羅亞無聊地把玩手術刀時，身體像是感應到什麼般突然一震，一手拍上後腦勺，彷彿前一刻那裡受到了蚊蟲的侵擾。

「好奇怪啊，明明覺得好像有人在盯著我看，但又像什麼都沒有……」難道是錯覺？

其餘的人還在拚命尋找出口，根本沒人注意羅亞在幹嘛。他們就算只是投來一個瞥視，他也會知道的。

羅亞回過頭，卻發現手術刀面上反射的不再是自己的身影，而是一個看起來有些面熟的大鬍子男人，那有如雜草的濃密鬍鬚，就像三歲小孩拿著油性奇異筆胡亂畫出來的一樣。

那凶狠的面容，那充滿殺意的憤怒眼神……

「大鬍子男？」羅亞愣愣地出聲，不明白為何肖像畫上的人物會在此時現身。更重要的是，那一幅幅肖像畫內的不都是百年前的人物嗎？除非對方不是人族……但就連獸人族也沒有那麼長的壽命。

「快滾出這裡！」

大鬍子男的聲音跟他本人一樣頗具份量，這不是羅亞的幻覺，其他人也都聽見了，驚愕地轉過身來。

男人如鬼魅般，不知何時站在唯一的出口、也就是他們進來的那扇門前。雖然對方在生氣，全身上下卻流淌著冰冷的詭異氣息，那雙無機質的眼睛也顯露了他是非人者的事實。

「我說滾！」眼見沒有人動作，鬍子男又強調一次，威脅意味濃厚。

「你不是那個畫裡的人嗎？」白織顫聲問道，同時後退一步，極力想要尋求掩護，可惜房內並沒有什麼適合躲藏的角落。

「我畫的鬍子果然是傑作。」羅亞不怕死地彈指說道，欣賞地盯著對方臉上的鬍子

「他不可能是那個畫像裡的男人！」菲莉蕬也認出了那個大鬍子，但她強烈地否認，「如果是的話，也超過一百歲了，長相絕對不可能還跟畫上一樣。這人應該是他的曾孫之類的，很可能是古堡的主人。」

男人森然可怖的眼神在巡視眾人一圈之後，停在了那位一臉痞樣的少年身上。就是他！鬍子的始作俑者！最重要的是還洗不掉，該死的！

他憤恨地瞪著對方，沒想到少年非但不畏懼，還以頗感興趣的眼神回看。

「你們不屬於這裡，也不准把這裡的事告訴任何人，」男人慢慢走上前，

低沉的嗓音在地下空間造成隆隆迴響，「如果還想保命的話！」

隨著男人每一次邁出步伐，羅亞便被白織等人扯著往後退一步，直到他們的背部抵上泛著濕氣的牆面，男人才終於停下腳步。

「離開這裡，滾得越遠越好！」男子以威嚇的語氣繼續開口，字字清晰地加重語氣，「永遠別再回到這裡！」

他們還來不及回應，男人就伸手猛力按下牆面上的一個凸起物，地板突然開了一個缺口，腳下一空，五人頓時慘叫著掉進無光的深淵。

男人站在洞口邊緣，面無表情地瞪著他們被黑暗吞噬，不由得鬆了口氣。

「這是為了你們好，要是被那個人發現的話，就糟了……」

男子佇立在原地，背影看上去既悲慟又寂寞。即便經過了那麼長的歲月，他始終是不被時間善待的人。

古堡的某處。

一名金髮男人懶散地躺在由十個大枕頭堆疊出來的豪華床鋪上，襯衫的領口敞著，露出結實白皙的胸膛。

「伊莎貝，等等弄個什麼下午茶來吃吧。」

男人說話的對象是一位站在床邊、女僕打扮的妙齡女子，由於從剛才到現在都維持著一樣的姿勢、相同的表情，不知情的人會以為是尊做工精細的雕像。

約莫片刻後，雕像，不，是女僕終於開口說話了。

「不。」簡短的一句回應，讓男人不高興地嘟起嘴。

「伊莎貝還真是無情吶，就不能答應我這小小的要求嗎！」男人像個小孩般開始耍賴，在床上使勁左右翻滾，左一句伊莎貝怎樣又一句伊莎貝如何，就是要對方聽從自己的要求。

要不是伊莎貝伸手迅速抽走幾顆枕頭，讓男人因為滾得太忘我而跌至地面，真不知道還要折騰到何時。

「伊莎貝妳……」男人才正要起身抗議，卻被女僕機械式的語氣打斷了。

「醫生，要說多少次您才聽得懂，我的名字是伊莎貝菈而非伊莎貝。既然如此健忘，我想您也不配當一名醫生，也就沒有生存下去的資格了，還不如趁早死一死吧，這對大家來說都好。」

伊莎貝菈雖然用著敬語，說出來的話卻充滿惡意，而且完全沒有在開玩笑的意思。

「妳才要死咧，誰叫妳原本的名字太長，叫伊莎貝多好聽！」男人吃痛地爬起身，幸好沒閃到腰。

「請用！」女僕立刻遞上一杯清涼的茶飲，同時貼心地附上解說，「這是產自幽蘭山谷的紅茶，裡面放有一萬顆安眠藥，保證喝下去之後，您會永遠醒不過來！」

醫生的嘴唇才剛碰到杯緣，聽到補充說明之後，立即將杯子砸得粉碎，橘紅的黏稠液體淌了一地，「妳這根本是謀殺，不，絕對就是謀殺！」

伊莎貝菈惋惜地看著杯子的殘骸。

「妳那表情是怎麼一回事！還有，妳是從哪弄來那麼多安眠藥的？快給我從實招來！」醫生激動地大聲嚷嚷。

「從醫生的藥物室拿的。」女僕直白地招認。

醫生不知道該感到慶幸還是痛徹心扉，藥物室放了很多只需要一點劑量就能致死的毒物，幸好伊莎貝菈沒發現那些，只挑了相對來說殺傷力較小的藥物，要不然他可能就真的死定了，憑他精湛的醫術恐怕也無力回天。

就跟他製作出的所有能救人一命的藥物一樣，這些毒物也是由他精心調配製成，都是耗費了多年光陰的嘔心瀝血之作。

醫生嘆了口氣，眉宇間染上淡淡的憂愁，「妳就真的這麼討厭我嗎？」

女僕驚訝地揚眉，對她來說這已經算是最有反應的表情了。

「討厭？怎麼會呢？醫生您多心了，我只是每天想著要怎麼弄死您而已。」

「這不就是討厭嗎！而且妳剛剛當著我的面把心裡話都說出來了啊！」

古人說最毒婦人心果然不無道理！

看著伊莎貝菈那精緻無暇的姣好面容，有時醫生還是會忍不住跟生前的那女人相比較。明明那時候的她表情是那麼生動豐富，就像是上天派給他的純潔天使，一顰一笑都能使身旁的人如沐春風，他才會義無反顧地愛上了她。

即使是在死後，身體的本能反應依然殘留著對他的恨意嗎？所以才會總是會做出有違常理的舉止，例如下毒之類的。恐怕連她自己都不能理解吧，畢竟早在靈魂逝去的那一刻，所有的情緒都隨之抽離，現在的她不過是具任人操控的軀殼。

「醫生、醫生，」女僕言簡意賅地表示。「回來了。」

就在此時，門喀啦一聲被人推開，隨後從外頭走進一名身形魁武的男人。

醫生卻瞪大了眼睛，愣了許久才認出對方是誰。

「你的臉怎麼了？」

「沒什麼，只是想換個造型。」男人在瞬間又想到那個死小鬼，平息的怒氣不由得再度復燃，但在醫生面前還是強自鎮定，隱忍著沒有發作。

醫生起初忍住笑意，而後實在受不了了，直接在當事人面前捧腹大笑，持續了好幾分鐘才漸漸止歇。「你剛剛去哪了？」

「只是去附近繞繞。」他看著那有著天使般俊美面孔的男人，純淨的眼眸卻深藏滿滿的惡意，在這樣的人面前說謊還是有些膽顫心驚。

「但你看起來似乎有點緊張，因特。」醫生重新陷入以柔軟枕頭建構的豪華床鋪，輕柔地開口，嗓音甜如蜜糖。

聽著那柔軟的音調，因特身體僵直，沒來由地不寒而慄，巨大的壓力排山倒海地湧來。

「沒有的事。」

「已經是第二次了，我們的古堡再度迎來一批新的客人，因特。」

因特不明白醫生的用意何在，只是一貫地低垂著頭，不表示任何意見。

「啊，因特果然還是跟以前一樣無趣呢。」醫生佯裝不悅地蹙眉，但隨即就像個大男孩般展開笑顏，彷彿打從一開始就不期待對方的回答。

「虧你比我長得更像殺人凶手呢，都不懂得善用自身的優勢，竟然連一隻雞都不敢殺！」見因特只是沉默，醫生繼續開口，「不要以為我不知道你在房間裡藏了多少隻雞！」

每當醫生開口表示想喝雞湯時，就會要因特到古堡的農場去殺隻雞。雖然因特不敢違抗醫生的命令，但是端到餐桌上的總是菌類熬製的湯品，從來就沒有雞肉的鮮味。

每次因特雖然都下定了決心，但一見到那一瞬也不瞬地凝望著自己的雞眼，他的心就莫名軟了下來。這是奇怪的現象，因為已經不是人類的他，卻保有生前的情緒反應，就好像他的心依然在胸腔內跳動著。

深怕被醫生發現，他有時會特地到深山內去採集菇類以喬裝成雞湯，但這類的事情卻一再地發生。

結果就演變成因特的房間塞滿了雞，還有牛羊之類的家畜，讓他必須另外找地方睡覺。

果不其然，紙終究包不住火。因特只是將頭垂得更低，像個即將被大人責難的六歲小孩，愕然中帶點惶恐。

「醫生是個不折不扣的混帳喔！」伊莎貝菈突然出聲，聲音依然沒有任何情感，只是平板地罵著男人，像往常一樣。

「妳說誰——」

「醫生難道不懂得因特的苦心嗎？」伊莎貝菈搶先一步開口，拐著彎責備男人，「正因為醫生幹了太多壞事，因特才會不希望醫生老是做些無謂的殺生。不如從今天起，就改吃屎吧。」

「妳說誰做壞事啊！」醫生不悅地為自己辯駁，「這些都是為了我偉大的——」

「不，醫生做過的壞事前後加起來，」伊莎貝菈毫不介意再次打斷對方，「下十八層地獄都還不夠唷！」

女僕雖然用著可愛的語助詞，但內容完全跟可愛扯不上邊，無心的話聽來更是殺傷力十足！

「什麼！有種妳再說一遍試試看！」醫生終於硬起來，決定要跳出來捍衛自己的「清白」，「去年我是弄傷了幾個學生沒錯，但也只是取下他們身體的某一部分而已，性命無虞。而且事後我也都有竄改全部人的記憶，保證之後不會留下創傷後壓力症候群。這都是為了我的研究，沒什麼不對的吧！」這是必要的犧牲，只為了能夠成就他多年來苦心專研的實驗——讓人死而復生！

即便復活了也能繼續保有生前的記憶，狀態也跟生前毫無二致，這才是他畢生所追求的目標。

像現在站在他眼前的伊莎貝菈，甚至是因特，雖還不到失敗品，但充其量只能算次級品，成果遠遠不及他所追求的一半。

還不夠，他需要更多的活體素材！

「請您不要再狡辯了，那樣的想法基本上跟人渣無異，您還是快去死吧！」

「誰要死啊！」

聽著醫生和伊莎貝菈像往常一樣鬥嘴，因特的內心並不感到半點輕鬆。

沒錯，他的確是死了，違反常理的實驗結果讓他苟延殘喘地多活了數十年之久，然而，這樣延續的生命卻伴隨著空虛。

如果醫生是罪的化身，那麼他就是惡，罪跟惡唯有緊緊相依，才能成為切不斷的鎖鏈，只有經過再一次的死亡方能徹底清除他身上的惡。

回過神來時，羅亞一行人又回到了長廊上。他們摔下的那道暗門似乎有著什麼古怪，他們感覺上像是永無止境地往下墜落，但不知透過什麼法陣把他們傳送到了那條掛滿肖像畫的廊道上。

然後，有人朝著他們走近——是尤里。

「你們怎麼還在這裡？你們已經遲到不少的時間了。」

「發生什麼事了？」羅亞從對方鐵青的臉色瞧出一絲端倪。

「第一道指令出現了，快過去大廳吧，大家已經聚集在那裡了。」尤里的眼底染上一層焦慮，似乎還有什麼顧慮。

但再多的問題也比不上親眼證實來得準確，於是一伙人朝著大廳的方向移動。

大廳內早已擠滿用餐完畢的學生，一時間人聲鼎沸，談論的主題不外乎是同一件事——神秘出現的指令。

眾人面朝著其中一面牆議論紛紛，有些人認為會開這種玩笑的人實在是太惡劣了，但大部分的人都認定這就是第一道指令，也就是訓練的第一個關卡。

羅亞幾人擠到前方，只見牆面上被人用鮮紅的油漆潑灑，再一筆一畫勾勒出文字。鮮紅的字跡讓這道指令看起來更像是詛咒，令人望之卻步，頭皮發麻。

牆面上以稍嫌歪斜的血淋淋字體寫著：

第一道指令——鬼抓人。在破曉之前，請務必抓到當鬼的人，否則必須承受來自鬼的一方的無情懲戒，請務必當心留意。剩餘人數：五十五人。

羅亞伸出一指沾了一點紅色的不明液體，觸感讓他皺起眉，發現指腹上的液體異常濃稠，像是從某種家禽身上取得的血。「這不是油漆，似乎是某種動物的血。」

「在出發之前，我找學長姐們請教過去的經驗，以前似乎沒有發生過類似的事，難道校長擅自改變規則了嗎？」海爾來回看著大門和牆壁，似乎是在心中評估現在撤退是否來還得及。

但從他鎖緊的眉頭看來，他自己顯然也知道為時已晚了。

「過去的經驗？以前的關卡是怎樣的內容？」羅亞好奇地問道。

「就很一般啊，例如繞古堡一圈拿到某樣東西然後返回集合地點，或是在定點做某樣事之類的，都是些簡單的指令。畢竟只是新生訓練，學校也不想太刁難學生。」

「這道指令真的有些古怪。」夏洛特思索半晌，遲疑地開口。

「怎麼說？」

「首先，這道指令的問題根本漏洞百出。」夏洛特指出詭異的地方，「雖然是要找出鬼，但完全沒有提示，也沒有說明來自鬼的懲戒又是什麼。」

「這樣的話，即使找到鬼了，也不知道是不是正確解答不是嗎？」白織有些不安，神經質地左顧右盼。如此一來誰都有可能是鬼。

「那讓鬼自己出來不就得了。」羅亞老神在在地說，一副已經想好對策的樣子。

在場的一年級新生總共是五十五人，會將人數清楚標註出來一定有某種原因，也許會有人陸續遭到鬼的毒手。

所謂鬼的懲戒不就是這樣嗎？先是預告事件，然後實行。羅亞總算提起一點興趣，沒想到新生訓練並沒有想像中的那樣無趣。

「啊，我知道了，他就是鬼！」不知道是誰喊了這麼一句。

緊接著人群躁動，沸騰聲越滾越大，大家開始移動腳步，將一名體型稍嫌豐滿的少年隔離出來。那名少年隨即成為眾矢之的，開始有更多人跳出來舉證歷歷地指控對方就是鬼，說得煞有介事的樣子。

「果然還是發生了。」羅亞一副無所謂地聳肩，反正就是互相扯後腿的遊戲嘛，「這道指令只會讓大家開始互相猜忌，又是在彼此還沒建立起足夠的互信基礎之下。」

一旦團體間的關係變得惡劣，接下來的指令就不可能順利完成了。

「我、我不是……」少年微弱的抗議聲被淹沒，寬厚的手掌緊緊拽著衣擺，彷彿正在忍受什麼極大的痛楚。

「我們在尋找食材的時候，只有尼可一人落後大家一大段距離，而且也不太跟其他人互動，總是心不在焉的樣子，肯定是在想要如何解決掉我們！」沒想到連同組的人也不站在他那邊，任由對方孤軍面對眾人指責。

「我只是體力不好，所以沒跟上大家的腳步，我真的不是有意的……」名叫尼可的豐滿少年小聲地替自己辯解，可惜沒人聽到。

「這麼一提，我想起來了，在搭船來這座島的途中，這傢伙一直在偷偷看我！」又有人跳出來提出新的證據。

「我……」少年頓時百口莫辯，確實是如此沒錯，但他只是覺得對方手中的食物肯定很好吃，以至於盯著出神了，他不是故意的！

類似的話一再被提及，大家對於他是鬼更加堅信不疑。只要有人開始鼓譟，原本沒什麼意見的多數人就會輕易被帶動，漸漸認定這就是事實。比起思考分析，大眾更傾向有人直接給出明確的答案。

「既然鬼抓到了，那這道指令就結束了吧！第二道指令什麼時候下來？」有人樂觀地這樣認為。

尼可只是猛搖頭，想出聲，又覺得一定無法確實地傳達至眾人的耳裡，十分沮喪地低下頭，滿腹委屈。

此時，又有突發狀況發生了。突然間，一位同學失去意識昏了過去，接著是第二位、第三位，直到一共十位學生倒在地上不醒人事。他們身上沒有任何外傷，就只是原因不明地沉沉昏睡過去，無論旁人怎麼叫都喚不醒。

局勢越演越烈，大家都一窩蜂地將矛頭指向尼可，認為他就是那個藏在他們之中的鬼，就連其實跟他不太熟的學生也繪聲繪影地編造出尼可根本不曾做過的事。

這種時候一定得有人出面不可，先安撫大家異常焦慮的情緒。白織還在謹慎地挑選用字遣詞時，卻有人早一步開了口。

「一直鬼啊鬼的煩不煩啊！既然說這名豬少年是鬼，你們有證據嗎？凡事都要講究物證，光是耍耍嘴皮子誰不會啊，所以證據咧？」羅亞伸手在顯然已經嚇壞了的大眾面前揮了揮，像是要討什麼看不見的證據。

當然，物證什麼的他們自然拿不出來。

尼可本人也感到相當詫異，對於這個不知是在羞辱他還是幫助他的少年，一時間竟反應不過來。

「喂，豬少年，你叫什麼名字？」

誰是豬啊！一直等到羅亞突然冒出這麼一句，尼可才回過神來，略為不滿地回答：「尼可。」

「你渴？嗯，很奇怪的名字，算了反正也不是那麼重要。」

「……」他到底是來幹嘛的啊！礙於對方好歹有幫自己說話，尼可只是敢怒不敢言。

「對了，你是鬼嗎？」羅亞的態度輕率得有如在詢問今天的天氣。

「不、不是！」愣了愣，尼可才囁嚅地回答，頭仍然垂得低低的。

羅亞滿意地點頭，接著用一臉「你們看吧」的表情回望其他人，「他自己說了啊，他不是鬼。」

「有誰會承認自己是鬼啊！」即便沒有證據，但大部分人都寧願選擇忽視，固執地堅稱自己才是對的。

「嗯，這麼說好像也是，那你們說該怎麼辦呢？」

「什麼怎麼辦……」被人突然這樣問，沒人知道該如何答覆，只是面面相覷。

「而且那些人，」見無人答腔，羅亞的頭一撇，轉向還倒在地上的學生，「都是不同組別的人，有人能夠在一瞬間分別對他們下毒嗎？」

「他們的身上都有一種奇怪的魔力波動。」尤里上前仔細檢視昏倒學生的狀況，「應該可以排除下毒的可能，是魔法導致的。」

「雖然還不知道是怎麼樣的魔法，但顯然對人體無害，只是單純讓他們睡著罷了。」夏洛特走到一名失去意識的男學生身旁，蹲下身戳了戳對方面色蒼白卻睡得一臉安詳的臉頰。

「即便是這樣，也不能判定不會對他們的身體造成什麼損害，不能放任不管，必須盡快叫醒他們才行。」

眾人一致認同海爾的建議。

「現在時間很晚了，」尤里抬頭瞄了一眼掛在大廳內的時鐘，已經將近晚上十點了，「有什麼事情明天再說吧，同組的人麻煩協助昏倒的學生回到自己的寢室，還有問題嗎？」

雖然沒有人開口反對尤里的指示，但也沒有人因此有所動作。

「那鬼怎麼辦？」有人指出。

尼可害怕地縮起脖子，頭又垂得更低了。

「還真是麻煩吶，尤其是放任自己腦內妄想的閒人。」羅亞雖然嘴巴上嫌麻煩，但還是開口說，「不然把他交給我們吧。我們一路上都沒有跟尼可打過照面，自然少了串供的嫌疑，而且我們壓根就不認識他。另外，你們難道要一直派人監視他嗎？讓他跟我們同住一間房的話，不就省事多了？」

羅亞的話不無道理，眾人紛紛低下頭考慮，最後只好勉強妥協。

夜已深，所有人都回房就寢，羅亞幾人帶著尼可返回他們的房間。

「那個……很感謝你們幫我。」

尼可不安地搓著手，站在門口的他站也不是坐也不是。

「別誤會了，能夠幫你的人最終只有你自己，我們只是看不下去罷了。」

菲莉蕬邊說邊將枕頭拍鬆。

「還是很謝謝你們……」為什麼他們的房裡有女孩子？尼可雖然感到疑惑，但似乎沒有機會將問題說出口。

熄燈時間到了，所有人都準備上床就寢，尼可發現沒有人再搭理他，一個人不知所措地呆愣在原地。房間的床位都是固定的，顯然沒有多出一張可以讓他睡。

「呃……」尼可不確定地開口，「請問我要睡在哪裡？」

五人似乎都忘記了尼可的存在，直到他開口詢問才又想起來。他們面面相覷，最後一齊將視線落在尼可的身上，面無表情地回答：「地上！」

「嗚……好，我知道了。」

尼可伸手接過拋來的床單，可憐兮兮地鋪在地板上，努力弄得舒適一些。正所謂人在屋簷下不得不低頭啊！

怠惰な魔王の
転職条件

第六章

說最討厭暴力的人
往往最喜歡凌虐別人

How to Change Career
from Demon King to Hero

天還沒亮，羅亞的睡意就盡失了。如果被瑟那卿得知肯定會喜極而泣，還可能會大喊三聲「萬歲」。向來習慣賴床的羅亞，在破曉之前便清醒過來，實在太難得了。

不只是古堡陳舊的床睡不習慣，還被迫與他人共享一間房，這些都讓魔王頗不適應。而且，他老是覺得有人在搶他的被子，明明是一人一張床的不是嗎！

不僅如此，還有些別的什麼。

房裡的氣息改變了。

少了一個人。尼可並沒有在他的豬窩裡睡覺。

「欸，白織，快起來！」羅亞用手推了推隔壁床的少年。「那隻豬不見了！」

「豬？」白織的意識還陷在夢境中無法抽離，一時有些反應不過來，「大概在廚房吧，順帶一提我喜歡吃醬爆豬肉！」

「誰管你喜歡吃什麼啊。」而且你確定我們是在講同件事嗎？身旁的友人比自己還要靠不住，羅亞索性下床，認真地思索起來。

不過，或許白織說得有道理，依照尼可的體型，的確很可能半夜因為肚子餓偷偷到廚房覓食。

身旁的友人還是無動於衷，意識仍在半夢半醒之間飄盪，羅亞洩憤地猛踹對方幾腳，便獨自一人去找人。

但還沒摸清方向，忽然就聽見一陣斷斷續續的抽泣聲，但這並沒有阻止魔王的步伐。他循著聲源，踏進偌大的廚房裡。

「尼可？」

尼可整個人癱坐在廚房的地板上，聽見有腳步聲走近才抬起目光，肉肉的圓臉上淚涕縱橫，眼睛驚恐地睜大，叫人看了於心不忍。

羅亞仍舊波瀾不驚，然後才注意到對方的雙手還有衣服上都沾上了不明的暗紅色液體。

由氣味、色澤以及黏稠的程度判斷，那極有可能是——

「血。」一個單音節讓尼可乾啞的嗓子再度恢復說話的功能，「羅亞，我可能真的是鬼也不一定……」少年茫然地瞪著掌中的血跡，一臉欲哭無淚。

凌晨時分，所有人都集合在廚房裡，沒有人出聲。靜謐在封閉的空間內不斷蔓延，時間似乎在這一瞬靜止。

將他們集合在這裡的原因，除了滿身是血的尼可，還有另一個更重大的原因，第二道指令出現了。

在尼可附近的一攤血泊中，延伸出許多文字，而這些看似歪七扭八的字跡卻拼湊出完整的句子：

第二道指令——猜謎。出三道謎題，答對者方可留下來，答錯者將接受來自鬼的懲處。剩餘人數：四十五人。

因為第一道指令沒能及時過關，所以有十人遭受鬼的處決，雖然只是讓他們陷入了睡眠，暫且沒有生命的危險，但肯定無法參與第二道指令了。

剩餘人數剛好是現在集合在廚房的學生總數。

如此一來，尼可是鬼的嫌疑就算洗清了。假使對方真的是鬼，那無故遭受懲罰的那十人又該怎麼說？真正的鬼或許根本不在他們之中，肯定躲在某處識笑眾人的愚鈍。

正當尼可還想再說些什麼時，廚房內部突然響起一陣雜音，像是透過擴音器傳來的劣質音訊。

「擴音魔法？」羅亞一臉戒備地抬起頭。

『嗨嗨！各位剩下來的學生們好啊，我是醫生！』說話的人聽起來似乎是名年輕男性。

「醫生？導師裡面有這樣的人嗎？」白織皺著眉頭詢問。

海爾則舉起一隻手示意大家稍安勿躁。

那人清了清喉嚨，再度自顧自地說起話來，透過魔法波動傳來的聲音宛如出現在眾人耳畔，每一字都聽得格外清晰。

『大家叫我醫生就好！這些指令可都是我絞盡腦汁想出來的，希望你們能玩得愉快。那麼現在請盡速移動到大廳去，那裡有第二道指令的說明在等著各位，只有贏家才能繼續第三道指令，也才能見到身為大魔王的我，哈哈，那就先這樣囉！不過，附帶一提，不願意進行指令的人照樣會被鬼處決喔！』

話聲落下的同時，雜訊也一併消失了，看來男人已經發言完畢。

幾乎是同時間，眾人爭先恐後地奪門而出，誰都不想成為下一位受害者，一時間焦慮、無措的情緒在偌大的空間內炸開了鍋，浮現在所有人的臉上。

「羅亞，還愣著幹嘛？我們也走吧！」

拖著腳步的羅亞任由夏洛特扯著自己的手臂。忽地，一個褐色的人影閃過眼角，抓住羅亞的注意。

那是——

「大鬍子男？」

在廚房的角落，有一個男人緩緩從暗影中步出，神不知鬼不覺，既沒人發現他的存在，也沒人知道他從什麼時候開始就在那裡了。

因特只是面無表情地看著羅亞，嘴無聲蠕動，似乎是想警告什麼。

將唇形逐一拼湊起來，他想傳達的似乎是——

不要去！

所有人依言集合在大廳內，愣愣地看著眼前的光景。

木質的地板上被人用粉筆畫了大大的圈圈和叉叉，在圈跟叉的中間則站了一位身穿粉色女僕裝的——小丑小姐？

小丑女僕的臉上塗滿了繽紛的色彩，畫出小丑的臉譜，血盆大口的紅唇始終維持著詭異的上揚角度，但開口的聲線卻毫無起伏，彷彿是具人偶。

「各位活人大家好，我是伊莎貝菈，是這次的關主喔！」

「活人？」古怪的措辭讓夏洛特忍不住眉頭一皺。

「伊莎貝菈是死人，那麼大家自然就是活人啊！」伊莎貝菈的嗓音甜美，但語調平板，配上那張看不出情緒的臉，讓人完全升不起親近的念頭。

「妳到底是誰？」魔王冷冷地發問。

先是那個自稱醫生的男人，現在又出現這個自稱是死人的小丑女僕，雖然現在還不清楚他們的底細以及背後的目的，但絕對不會是學院派出的人！毫無疑問，所謂的關卡就是個陷阱。

「什麼是誰？」伊莎貝菈困惑地歪頭，「伊莎貝菈就是伊莎貝菈啊！」

「誰指使妳那麼做的？是剛剛那個自稱是醫生的男人嗎？」

「是唷，雖然伊莎貝菈也想殺死醫生，但伊莎貝菈不能違抗醫生的命令！」

從她僵化的表情根本看不出這句話到底是哀傷的成分多些，還是自嘲的份量更大，或者是兩者皆有之。

此時學生們不安的情緒已經沸騰到了極限。因為凌晨就被挖起來，有些人甚至還來不及著裝，只穿著睡衣就跑出來了，之後的狀況也不容許他們換裝，就被迫移動到了大廳。

「那伊莎貝菈就來簡單說明規則吧。」伸出白皙的蔥指，伊莎貝菈用毫無起伏的平板聲線開始說明，「大家有看到地板上的圈和叉吧，等等伊莎貝菈會出三個問題，你們就依照答案選擇站在圈或叉的那一邊，這樣有問題嗎？」

沒人答腔，偶而傳出女學生驚恐的啜泣聲。

「有問題嗎？」伊莎貝菈重複，這次的語氣卻染上脅迫。

「沒有……」眾人弱弱地回應，音量低到幾乎聽不見。

「接下來就是伊莎貝菈期待的重頭戲了。」總算得到滿意的回覆，伊莎貝菈繼續說道，「答錯的人會直接被處決，答對的人才能留下來繼續下一道題唷！」她伸出一指抵住自己的左臉頰，然後緩緩綻放出一個令人不寒而慄的詭異笑容。

「有沒有搞錯，開什麼玩笑啊！」人群中突然爆出一句不滿的聲音。

「你有什麼意見嗎，活人。」伊莎貝菈迅速轉過頭，湛藍的雙眼精準地捕捉到發話的海爾，死死盯住不放。

海爾被看得心底發毛，忍不住後退了一小步，不敢再多說半個字。

「第一道題目來了，就要問問大家，請問我是怎麼死的呢？」小丑女僕狀似愉悅地揚高聲音，語調卻仍然沒有抑揚頓挫，「選擇中毒的就站到圈圈那裡，被利刃砍死的則是叉叉。」

問題脫口的瞬間，包括A班的資優生們在內，眾人皆是一愣。

「這是什麼爛問題啊……」白織喃喃抱怨。

「只有五分鐘的思考時間，時間一過，還沒做出決定者照樣會受到鬼的處決！」伊莎貝菈補充說明，然後便靜立在原地，毫無生氣的雙眼眨也不眨，看著學生們為第一道題目發愁，似乎要等到五分鐘後才會有下一步的動作。

只是五分鐘可以很長也可以很短。

對抓緊時間討論的參與者來說，時間似乎過得特別快，焦慮不斷在心中擴大，分跟秒之間似乎又像幾小時那般漫長。

規則並沒有提到不可與他人討論，所以大伙聚集在一起集思廣益，從中挑選機率大些的解答。但這個問題本身就不公平，沒有提示，答案就只有伊莎貝菈本人才知道，任憑其他人如何想破頭也猜不到。

只能豁出去賭一把，反正有二分之一的機率。

再者，答案的對錯都是由關主說了算，只要她有意，白的都可以在瞬間扭轉成黑的。

「好，我決定了。」語畢，羅亞果斷地走到圈的那一邊，站定。

羅亞的直覺曾經被瑟那喻為死魚中的奇蹟，正確的機率高達百分之九十九點九，而那剩下的零點一，至今尚未出現過，先預留起來只是為防直覺可能不準確的時刻。

三分鐘過去，其他人才終於有所動作，忐忑不安地走到各自選定的答案。超過半數人都選了圈，菲莉蒜、蒔鬼以及剩下的人則選了叉。

「這麼簡單的問題是不會難倒本皇女的！」獸人女孩的語氣透露出自信。

「齊格，希望我們能有奇蹟發生。」蒔鬼由衷地祈禱。

布偶愣了一下，無精打采地垂了下來，「阿蒔，一開始就那麼悲觀的話，讓人很提不起勁啊。」

「我也選圈好了！」白織仍然猶豫不決，但看到羅亞的身影，心一橫，索性站到圈圈那邊。

很快的，只剩下夏洛特一人，而五分鐘即將進入倒數。

「夏洛特，這裡。」羅亞朝金髮少年招手，「你過來我就摸摸你的頭。」

魔王都是這麼對待自家寵物的，做得好的話就以摸頭做為獎勵。

「我又不是黃金獵犬！」

無可奈何地嘆口氣，在時間結束的前幾秒，夏洛特走到了羅亞身邊。

「時間到了。」

伊莎貝菈動了動嘴唇，剛才那五分鐘她始終靜止不動，眼睛直視前方，有如停格的畫面。

她已經死了，所有活人會有的疲累、痛覺以及情緒反應，她通通感受不到。

上次跟醫生玩「一二三木頭人，誰動了就殺死你的」的遊戲，醫生當鬼，但馬上就膩了跑回房間，結果等不到下一步指令的她就這樣維持相同的姿勢站了一天，直到隔天醫生醒來才猛然想起這件事。

「答案是——」戲劇性地停頓，伊莎貝菈看了看左右兩邊，選圈的人似乎比選叉的人多了一點。「答案是圈，伊莎貝菈是中毒死的！選叉叉的人很遺憾地答錯囉！」

所有選叉的人都不可置信地垮下臉，有人下意識地往後退，想往大門的方向逃竄，但大門早在他們進入的剎那就被人封死了。

「菲菲竟然猜錯了……」菲莉蒸陷入懊惱的情緒，一臉欲哭無淚。

蒔鬼愣了愣，轉頭跟齊格對視幾秒，鄭重地宣布：「奇蹟果然沒有發生在我們身上呢。」

「阿蒔……」齊格一時間不知道該說什麼。

「還沒接受懲處怎麼可以擅自逃跑呢？」

隨後伊莎貝拉冷冷的聲音傳來，彈了個響指，戲劇化地擺出噤聲的手勢，抬頭看向上方。

大家順著小丑女僕的目光往上看，一開始什麼都沒有，只有腐朽的潮濕天花板，緊接著異變出現——

無數個晶瑩剔透的泡泡從天而降，大小不一的泡泡雨瞬間圍住了答錯的學生。畫面有些夢幻，大家都愣住了，懲處似乎不如想像中的可怕。

菲莉蘇看到這幕奇異的景象，驚喜地睜大眼，一下放鬆了戒備，情不自禁地伸出手，但卻在觸到泡泡的瞬間，整個人消失了！

「快避開這些泡泡！」尤里立即警告大家。

「太多了，根本避不了啊！」

此起彼落的叫喊聲接連響起，直到最後一個人也消失在剩餘學生的視線中，鬼的處決才畫下句點。泡泡消失，大廳歸於沉靜。

眼睜睜看著其他人消失，好半晌都沒人出得了聲。

「接下來進行第二道謎題，目前的剩餘人數是二十五人。」伊莎貝菈恍若未覺地揚聲宣布。

「他們都死了嗎？」夏洛特沉聲開口，不由自主地握緊雙拳。他實在不願萌生這樣的想法，但按照眼前的情勢來看，這是最壞的設想。

「剛剛才處決了二十人，下一道題目絕對會刷掉更多人的。」伊莎貝菈自顧自地接著說。

「我說，他們——」

「欸，活人。」

不帶情感波動的輕柔嗓音在耳畔響起，那張畫了小丑妝的臉在瞬間悄無聲息地欺近夏洛特，陰沉地凝視過來。「如果你再擅自打斷伊莎貝菈，下一個死的就是你。」

就像幻覺般，小丑女僕在丟下這句威脅後，眨眼便回到了原先的位置。

淺淺地喘了一口氣，夏洛特餘悸猶存地撫上後頸，全身起了雞皮疙瘩。

這個小丑女僕太陰森了，而且根本摸不透她的想法。

「菲莉蕬他們……啊哈哈，你在幹嘛啊！」白織原本悲傷地吸著鼻子，身體的某個部位卻忽然傳來搔癢感，讓他抑制不住地放聲大笑，最後勉強瞪了一眼始作俑者。

「我不喜歡這種氣氛，」魔王收回不安分的手，挑眉，「何況，人不一定掛了。」

「你怎麼知道？」白織狐疑地看向粉髮少年。

「之後你就會知道了。」羅亞卻只是賣個關子。

「話又說回來，剛才那題你真的只是靠直覺嗎？」雖然對陣亡的那些人感到不好意思，但答案揭曉的那一刻，白織真的暗自鬆了口氣，慶幸自己暫時逃過一劫。

羅亞側頭思考片刻，「雖然小丑女僕裸露的部分都有著縫合過的痕跡，但是傷口太過平整，而且有些面積也太大了，只憑利刃是無法輕易辦到的。不過決定性的證據是她的指甲邊緣。」

「指甲？」

「指甲會顯示一個人的身體狀況，即使死了也一樣。那個小丑女僕總是不著痕跡地掩飾自己的手，恐怕就是基於這一點。她的指甲邊緣還可以看到殘留下來的毒性反應，她之所以會畫上那麼濃的小丑妝，也是為了掩飾在妝容後的臉色吧。」

白織的確沒有想到這點，自覺無顏面對身旁的同學以及方才壯烈犧牲的各位勇士。

此時，在古堡另一頭的因特推開厚重的門扉，走進一個奇異的空間。房間中央只放著一套書桌椅，其餘只是一片深沉的黑暗，天花板、牆面與地板相連接，分不出界線。半空中漂浮著一個接一個透出藍光的影像，以不同的角度監視著某處，方便讓桌後的男人觀看大廳內的情況。

「因特，你跑哪去了？」醫生將目光從那些散發藍光的影像上收回，轉頭看著來到自己身旁的男人。

「散步。」因特一如既往地答覆，不多做說明，也從不解釋。

「又散步？」醫生似乎對這個答案頗不滿意，皺了皺眉，「你到底有多喜歡散步？別告訴我散步有益身體健康之類的廢話。你已經死了，即使每天去健身房鍛鍊身體也不會有任何幫助。」醫生不厭其煩地提醒。

「明白。」因特面無表情地虛心受教，好像醫生剛才只是叮嚀他天涼了要多加件衣服。

在眾多影像中，有一格尤其吸引了因特的注意。明明對方如此討人厭，他的眼睛卻仍然不自主地跟隨著移動。

第一道問題結束了，剩餘的人數卻比預期還要多。不過，不這樣就不好玩了，雖然因此浪費了些時間，但既然結果相同，醫生倒也不怎麼介意等待這個「過程」。

伊莎貝菈不再是以前那個天真可愛的女孩，在她體內累積了上百種毒素，毒毀了她原本的容貌，也侵蝕其心志，在她重生的那一刻，居住在為名為伊莎貝菈的軀殼內的，就只剩下……怪物而已。

「啊，對了！」醫生像是想到什麼，抬起頭來，「實驗的素材都準備好了嗎？」

「準備好了。」

「喔，那器具呢？」一點也不關心素材的狀況，醫生的眸底深處浮現一抹嗜血殺意。

要不是因特陪伴了醫生好幾十年，有時真的會被眼前男人俊美的外表和溫和的語調給騙倒。

「也準備妥當了。」

醫生的手肘靠上書桌，手指交叉搭成拱橋，他輕輕拉扯嘴角，笑了。

「接下來，遊戲才正要開始呢！」

大廳裡，伊莎貝菈伸出僵直的右手，示意大家噤聲。眾人像是被人扼住一般，喉嚨突然發不出聲音，嘴巴也宛如被膠帶黏上，無法順利開闔。

小丑女僕只用了一個簡單的手勢就讓眾人明白一個事實，在這大廳內，只有她才是那個發號施令的人，由她來主宰大家的生死存亡。

「活人還是要安靜一點才討人喜歡，太吵的，不喜歡。」

將手放下後，對於說話的禁錮也一併解除了，但已經沒人敢再挑戰伊莎貝菈的底線。方才的舉動是一種警告，而且顯然立即奏效，識趣者紛紛保持沉默。

「第二道題目來換個玩法吧，如果有天面臨一場決鬥，必須打贏下列兩種動物，你會選擇哪一種？圈是兔子，叉是烏龜，選擇時間是三分鐘，計時開始。」伊莎貝菈有意無意地瞥了眼大廳內的掛鐘。

龜兔賽跑是大家都耳熟能詳的寓言故事，講的是兔子原本可以贏了這場賽跑，卻因為輕敵中途跑去偷懶，而被烏龜逆轉勝的故事。

與第一題相比，這題更加險惡，而且似乎根本沒有對錯之分。兩種看似無害的動物，但一定有一種不是伊莎貝菈要的答案。

兩者擇一，哪種動物會送他們上天堂？哪種又會帶著他們下地獄呢？

「時間剩下兩分半。」伊莎貝菈盡責地負責倒數，「對了，你們的答案將會關係到第三道題目，請慎重作答。」

「不行……」只見羅亞沮喪地垂下雙肩，眉毛哀愁地糾結在一起。

「什麼意思？」沒想到得到意料外的答覆，白織困難地吞嚥口水，還以為發生什麼事情了。

「那兩種剛好都是我最討厭的動物。」現在棄權還來得及嗎？

「烏龜的外型的確不比兔子討喜，這點我能理解。」夏洛特好奇地詢問，「那兔子呢？總有一個討厭的理由吧？」

「因為太可愛了！」羅亞咬牙說道，「可愛才不是無敵的！」

只因為披著溫順的外衣，還有總是睜著無辜的大眼，就讓人對牠們百依百順，換個角度想，這些可愛的小動物簡直比魔王還可怕！

靠著「可愛」就能輕而易舉地征服人心，太犯規了。

「……這道題目根本就沒有邏輯可言，看來，這回也只能碰碰運氣了。」

夏洛特決定暫時無視羅亞那一臉蠢樣。

「而且，似乎選哪邊都不會是正解。」尤里也出聲認同。

「那個小丑女僕並沒有說選錯了會受到鬼的懲處，而是會影響到第三道題目，我想，這必定有什麼關聯性。」夏洛特耐心地解釋自己的觀察。

「所以，選哪邊應該都沒什麼關係囉？」羅亞歪頭。

「嗯，應該是這樣沒錯。」

聽完解說之後，大家才忍不住舒展緊鎖的眉頭，果然有資優生在場就是不一樣，有穩定人心的作用。思及此，剩下的學生才終於做出決定，三兩成群地站到圈或叉上頭。兩位A班學生選擇了兔子，夏洛特則是選擇了烏龜。

「好，決定了，就牠吧。」魔王終於下定決心，毅然決然地站在叉叉上。

此時，剩餘人數二十五，選擇兔子的就有二十人，而烏龜這邊只有五人。

伊莎貝菈發出了一聲不含任何情緒的笑聲，之後竟僵硬地鼓起掌來。

「恭喜你們完成了作答，這題沒有正解，只要打敗你們所選擇的動物就是最後的贏家。」

眾人的喧鬧聲中夾雜著些許輕鬆，看來這關大伙都能順利通過了。即便誰都不想攻擊可愛的小動物，但眼下情勢所逼也別無他法了。

「首先是——兔子！」伊莎貝菈一彈響指，伴隨著巨大聲響，一隻兔子在眾人面前現身。「祝各位好運。」

單從外表來看，那是隻貨真價實的兔子——如果忽略掉粗大的四肢、面露凶光的眼神，還有不斷沿著血盆大口淌下的黏稠唾液的話。

這麼一隻龐然大物佇立在那二十人面前，紅眼閃爍著不懷好意的精光，俯視著學生們。

伊莎貝菈走上前，伸手撫摸巨兔那身柔順的毛皮，卻不是要安撫兔子暴躁的性情，而是將唇湊了上去輕聲說：「上吧，解決掉他們！」

得到允許，兔子立即往前暴衝，撞飛了一票反應不及的學生。少數人雖然勉強避開了第一波攻擊，並拔出武器嚴陣以待，落在凶暴兔子身上的攻擊卻宛如雨點般輕輕掃過，完全構不成任何傷害。

邁起強壯有力的後腿，兔子一個蹦跳向前，仰頭猛力甩去，被牠咬住的幾人頓時頭下腳上地飛往空中，順勢落進不知從何時聚集過來的大泡泡，消失了。

「什麼——」尤里跟海爾來不及反應，隨著聲音中斷，人也淹沒在泡泡裡。

緊接著，又是相同的攻擊。剩下幾人在害怕之餘，視線不由自主地投往另一邊的烏龜陣營。

「救救……我們。」

伊莎貝菈卻搖頭否決掉了這個可能性。

「不行喔！如果干涉結果的話，就判定為輸家，同樣會遭受到鬼的懲處。」

「這根本不是什麼新生訓練……」白織竭力克制怒火，低下頭咬牙切齒地說。

原本要跑去救人的夏洛特也打消了念頭，眼睜睜看著最後五人也消失在大廳之上，卻什麼也做不了。

慘叫聲仍然縈繞在偌大的空間中，回音放大了數倍的恐懼，久久不散。

「接下來就輪到烏龜這方了。」伊莎貝菈轉而將視線鎖定在他們這一小群人的身上，專注的神情彷彿從來沒有移開過。「準備好了嗎？」

怠惰な魔王の転職条件

第七章

這樣的世界還是毀滅吧

How to Change Career from Demon King to Hero

「管他是什麼，都放馬過來吧！」夏洛特一臉堅毅，「反正羅亞都會解決的，對吧？」

「幹嘛理所當然地把我拖下水啊……」魔王忍不住抱怨。

烏龜隨即以慢吞吞的姿態現身了。

與巨大化的兔子不同，似乎就只是隻相當普通的烏龜，不論是體型、速度都沒有特別的突出之處。幾人看了忍不住放鬆一笑，戒心降低，默默在心裡感嘆真是隻可愛的烏龜。

原本面無表情的伊莎貝菈竟罕見地扯出一個歪斜的微笑，同時烏龜產生了異變。

暗綠色的扁平身軀被憤怒及自卑纏繞，外殼忽然變得堅硬光滑，像是被金屬包覆全身。

「喔，我忘了說，烏龜要是自卑感作祟，戰鬥力會增強至兩倍。」伊莎貝菈彷彿臨時想起般補充，但明眼人都看得出來，她絕對是故意的。

烏龜將四肢縮進自身打造的鋼鐵堡壘內，接著竟然騰空，離地面一定高度後開始猛力旋轉，越轉越快，最後像彈珠般瘋狂地向周遭的目標射去。

「盡可能避開泡泡，同時也要注意烏龜的攻擊。」

魔王迅速下出精準的指令，從第一道問題開始，那些莫名的泡泡不知何故總是出現在四周，似乎無所不在，而且在碰到泡泡的那一瞬，人並沒有馬上死亡，只是失去蹤跡。他能大膽猜測，那些泡泡的功用應該只是通往某個地方的傳送陣，將學生們從這一地移轉至另一地。如果能順利破解這關、完成下一道問題的話，說不定能將所有人救出來。

前提是，真有那麼順利的話……

現在不只要防範烏龜看似無規則的碰撞攻擊，還要避免碰觸到泡泡，一時間大家都有些手忙腳亂，只能倉皇地四處逃竄，但能逃的區域有限，大大減少了存活的機率。

在混亂之中，白織的眼鏡掉了。沒了眼鏡，他的兩眼視力頓時只剩零點五，雖然大致能看清東西的輪廓，但遠遠不夠躲避來自敵人的攻擊。

所以此刻白織正忙著彎身尋找眼鏡的下落。

「小心！」

白織還來不及反應，就被羅亞一撞，踉蹌著倒退好幾步才勉強沒有摔倒，在這過程中卻聽到玻璃碎裂的清脆響音。

「我的眼鏡……破掉了。」白織不可置信地看著掌中的殘骸。

沒錯，剛剛那一踩，他不小心把自己的眼鏡踩碎了。

「誰叫你要擋路，而且眼鏡這東西本來就不該亂扔。」魔王堅決不肯認錯，認了的話就得賠錢，免談。

「眼鏡……我的……」白織沒發覺其他人對他眼鏡底下的真面目投以驚豔的目光，深受打擊。「不，沒有眼鏡的話，我就活不下去啦！」

沒有眼鏡，他頓時就像失去了什麼依靠，打擊大到連站都站不穩，意志消沉地跪在地上，彷彿被剝奪了珍視的物品。

白織突然垂下頭，讓人無法看清他此刻的神情，全身顫抖得厲害，卻不是在啜泣，而是在笑。

「白織？」不會是因為打擊過大，結果腦子壞掉了吧？

「我說，你在叫誰啊？」笑聲倏地中止，白織將原本視為珍寶的眼鏡隨手一扔，起身以全新的面貌面對眾人。

是白織沒錯，雖然是俊美的白織，但整個人散發出的感覺卻完全不一樣。以前在白織身上看到的平凡人氣息，在這位「白織」的身上全找不到，取而代之的是一種狂放不羈的強烈特質。而更重要的是，連身高好像也都不一樣了？簡直不是同一個人。

看著眼前讓人感到陌生的少年，羅亞直覺認定他並不是自己熟悉的友人。

「難道是雙重人格？」腦中萌生出荒謬的想法，羅亞竟有一絲絲的羨慕。白織原本就是有這種設定的角色嗎？比起他這位魔王還更有王的氣場啊！

「我不是白織，我叫白銀。」「白織」表情認真地說，毫不掩飾地上下打量羅亞，「而且，你不覺得有點熱嗎？」他伸手解開制服上的幾顆扣子，自在地裸露自己的肌膚。

「你……」魔王覺得有些荒謬，微微瞪大眼。沒了眼鏡的白織，怎麼連性格都判若兩人？

但還來不及細想，下巴就被人輕輕勾起，映入眼簾的是白織忽然過於性感的臉，充滿磁性的嗓音悠悠飄進他的耳裡。「要是捨不得自己一人度過美好的夜晚，我倒是可以陪你滾一下床單喔。」

「……不好意思，我沒這個需要。」眼神已死的魔王，完全沒被對方散發的強烈雄性賀爾蒙動搖心智。

白銀的盛世美顏忽然凝固，而後白眼一翻昏了過去。他身後的人影上前接住倒下的身體，順便從他懷裡摸出備用的眼鏡幫他重新戴好，屬於白銀的強勢氣場驀然消失，讓人懷疑起方才那一幕的真實性。

「真是的，不要隨便對別人的獵物出手好不好。」隨之而來的是夏洛特略帶不滿的低聲抱怨。

「你對他做了什麼？」魔王瞇起眼，內心不自覺升起戒備。前一刻白銀還好端端的，下一秒卻像被人擊昏般癱在別人的懷裡，自己卻沒有察覺對方出手的時機。

「沒事，只是用手刀讓他睡一覺罷了，畢竟白銀看起來就是個危險的傢伙啊。」夏洛特神態自若地說，「接下來，就是我們的戰場了！」

「……那白織怎麼辦？」魔王無言地看著夏洛特將失去意識的眼鏡少年輕輕放在地上。

「耶？我沒有想那麼多，這樣他是不是被淘汰出局了啊？我不是有意的，一回神手就揮下去了，這樣該怎麼辦啊？」似乎猛然意識到事情的嚴重性，夏洛特手足無措地踱步，自覺闖了大禍。

就某方面而言，論惹麻煩的功夫，夏洛特比白銀還要危險一百倍。

「算了，只要我們先解決敵人，就可以為白織報仇了。」羅亞毅然決然地將白織的未戰先敗拋諸腦後。

「這麼說也是，我們一起上吧！」罪魁禍首欣然接受提議，於是兩人為了保護白織的「屍體」挺身並肩作戰，自信滿滿的傲氣自他們身上湧現。

「什麼？」這是小丑女僕第一次碰到如此冥頑不靈的敵人，因此稍微留意眼前的兩個活人。

「喔對了，」夏洛特像是臨時想到什麼，轉過頭說，「小丑女僕交給我對付，烏龜就交給你了。我相信你，願意把我的後背奉獻給你——我這樣說你有沒有很感動啊？」

「誰要你這麼做了……」魔王不悅地皺眉。

「我上囉！」語落，夏洛特毫不猶豫地衝向小丑女僕，空著的右手多出一把細劍，平舉在胸口，猛力砍向敵人。

小丑女僕的臉上沒什麼表情，冷眼看著猛烈的劍氣挾帶巨大的破壞力襲捲而至，只是順著氣流的衝力，在不遠處落地。

另一邊的魔王也沒閒著，一道高速旋轉的黑影自眼角閃過，只見他站得直挺挺的，不閃也不避，冷冷看著已經解決另外兩名學生的烏龜朝自己俯衝而來。

在離自己還有一臂遠時，羅亞單手接下了堅硬的龜殼，一施力，上面竟產生無數蛛網般橫生的裂痕，然後碎裂。

小丑女僕驚愕地看著龜殼被捏成四分五裂的碎屑，裡頭的烏龜本體因為少了鋼鐵防護衣，早就不知道溜到哪裡去了。

「不錯嘛，不愧是我相中的傢伙！」夏洛特見狀滿意地點頭，眼神發亮，都忘記自己還在戰鬥。

「麻煩不要說那種會讓人誤會的話。」

「有什麼關係，這裡又沒有其他人。」

——明明就有好嗎！

「第二道謎題，全數失格。」此時伊莎貝菈冷冷開口。從白銀到夏洛特的突襲，她一直默默觀察著事態的發展，現在竟然被後者無視，她漸漸有些沉不住氣了。

「什麼？」魔王死死盯著小丑女僕，沉下聲線，語氣帶有少見的慍怒，「妳這話是什麼意思，這道題目根本就沒有對錯之分，哪來的失格？何況，擅自把人拉進你們的遊戲，有問過我們的意見嗎！」

「我先前說過，只要是毫不相干的人干涉了測驗的進展，一律失格！」

伊莎貝菈面無表情地說出彷彿演練過數十遍的臺詞，似乎就等著這一刻。

「妳確實這麼說過，但這裡除了我們，哪有其他人！」夏洛特也忍不住開口爭取他們的權益。

「這裡不就有一個嗎！」伊莎貝菈抬手指向躺在場中央的某人，「我問你們，那名活人到底是白織還是白銀？」

只要對方回答自己是白銀，所有人將因此受到鬼的處決，並且因為違規在先，痛苦的程度會往上躍升一級。

幸好白織還沒恢復意識。夏洛特沒有答腔，滿臉無辜地轉頭看向身旁的少年，「羅亞，你知道她指的是誰嗎？」

「不知道。」羅亞聳了聳肩，決定裝傻到底。「那麼，第三道謎題要開始了嗎？」魔王極微緩慢地，向小丑女僕展示一個勝利的笑靨。

第三道謎題同樣是機率二分之一的選擇題——猜伊莎貝菈的真實性別，選擇時間只有一分半，幾乎不給人思考的時間就得做出決定。

乍看之下，這題的答案呼之欲出，但人有時候就是想得太多，萬一這道看似簡單的謎題，背後藏有什麼陷阱呢？

雖然小丑女僕穿著女僕裝，但面容都被五顏六色的顏料遮掩，看不清楚真面目。她的肌膚一片灰白，縱使有悄然從古堡天窗溜進來的光線，也無法讓她變得更有生氣，似乎是不存在於這世上的東西。

「我覺得伊莎貝菈就只是個變態而已，所以，沒有第三選項嗎？」夏洛特收起細劍，走過來和羅亞討論。

「沒有，但如果想要分擔風險，我們兩個人就必須各自站一邊，生還的那個就去找幕後主使者——那個醫生的下落，或許其他人尚未遇害也說不定。」

「有道理，但是，我們有三個人喔？」夏洛特提醒道。

「……我忘記了。」魔王不情願地承認。

沒錯，第三個人正是仍是倒在地上不醒人事的白織，而且依照昏迷的程度判斷，對方一時半刻還無法甦醒。

這可就有點難辦了。「……反正他也還沒醒，就先算棄權吧。」

「那，我就選女生吧。」話聲甫落，夏洛特便站到了另一邊，他回眸望著臉上平靜無波的少年。

「男生。」羅亞甚至沒有挪動步伐，腳下踩的陣營就如同他宣示的結果。

兩方會有一方是輸家，並且得接受來自鬼的處決。

然而，事情的發展並不怎麼順利的樣子，因為出現了意料之外的結果。

「不論哪邊都是錯的喔！」伊莎貝菈混濁的眼眸閃現陰狠狡詐的光芒，「在生前我或許被當作一種叫女人的生物來看待，但伊莎貝菈已經是死人了，請各位務必記得這一點。死人是不分性別的，所以你們每一個人都必須得接受鬼的處決！」

「咦？這不公平吧，這樣還有叫我們選擇的必要嗎！」夏洛特愣了愣，一臉崩潰地出聲抗議。

「這醜女簡直有病。」魔王附議。

「公平？」伊莎貝菈冷哼，「打從你們踏進古堡的那一刻起，就沒有什麼公平可言了，決定權在我們身上。」

「這麼說起來，之前的一樁樁怪事也是，果然都是你們搞的鬼囉？」羅亞質問。

「遊戲規則是醫生訂的，伊莎貝菈是關主，一切自然是伊莎貝菈說了算！」

伊莎貝菈即使生前是活人，現在充其量不過是具沒有感情的人偶，完全不關心他人死活，只是忠誠地完成醫生交付的每一項任務。

小丑女僕伸手一揮，一隻體型龐大的黃色「小雞」憑空出現，向羅亞及夏洛特展開屠殺般的滅絕突襲。

「夏洛特，你去保護白織，這隻笨雞我來引開，等等我們就可以吃烤全雞了。」

蹲下、躍起，羅亞敏捷地躲過另一波攻擊帶起的強勁氣流，輕描淡寫地說出他即將實施的暴行。

「嗯，沒問題，交給我吧！」夏洛特迅速地回應，利用羅亞製造的空檔，全速衝向大廳中央，卻發現原本躺在那裡的人已經不翼而飛，「人呢？」

還來不及思考，夏洛特的身體已經先一步做出反應，平舉細劍擋下小丑女僕的偷襲飛踢。他只踉蹌了幾步，轉眼間就重振態勢，逼近敵人猛力揮砍。在對方的連續踢擊之下，他迅速看穿了攻擊模式，伏低身體擋下另一波攻勢。

「妳把白織拿到哪裡去了！」他沒意識到自己的用詞有些微妙。

「你說那名少年的話，」小丑女僕頓了頓，頭微微傾斜，向後方一點，「現在在那呢。」

「啊……」夏洛特看過去，結果映入眼簾的畫面有些不忍卒睹。

白織仍然昏迷不醒，但腦袋幾乎沒入了不知何時出現的泡泡中，接著整個人被擠進巨大的泡泡裡消失了。

「白織！」夏洛特悔恨般地大吼，稍微平定心神後，他深深地吸了一口氣，眸裡的堅定更濃。「我要殺了妳，為白織報仇！」

「呵呵，能夠辦到的話，請務必嘗試看看。順帶一提，伊莎貝菈已經是死人了，不可能再死一次，這一點恐怕你要失望了。」

「先接我這一招再說吧！」

夏洛特毫不動搖，將自己平常所學發揮在實戰上。但光是這樣似乎不夠，小丑女僕即便身上各處都受了傷，也像是沒有痛覺般不停攻擊。

是打算打持久消耗戰嗎？她的每次攻擊都像不怕死般瘋狂，但都沒有傷到致命處。夏洛特才這麼想完，卻發現自己竟動彈不得了。他驚愕地抬眼，發現對方牢牢地抓住劍身，即便銳利的劍鋒深深陷進手掌，卻沒有留下一滴血。

「妳……快點放開！」

小丑女僕恍若未聞，另一隻手輕柔地撫上少年的臉頰，若有所思地喃喃低語：「你有很棒的資質呢，我怎麼一開始沒看出來呢？殺了你太可惜，若是作為實驗材料，你會是很棒的素材。」

「聽不懂妳在說什麼……我讓妳放開就放開。」周身的氣場驀然改變，夏洛特的眼神一變，露出判若兩人的冷硬。

一股濃稠的黑氣像毒蛇般隨著劍身攀附而上，盤繞到盡頭時，頂端甚至幻化出黑蛇的型態，猙獰地朝小丑女僕嘶聲連連，威嚇意味濃厚。

另一邊的魔王沒注意到夏洛特的戰況，全部的注意力都放在自己此刻面臨的危機上。

雙翼一振，巨雞的怪力猛烈地搧起氣流，幾乎讓人站不住腳。大片灰塵揚起，視線所及一片狼藉。

魔王伸出一掌，然後猛力捏成拳狀，氣流頓時消逝無蹤，平靜得像是什麼都沒有發生過。

不等怪物反應過來，羅亞再度攤開的掌心赫然多出了火球。這是上等的炎系魔法，憑藉魔王尊貴的血統，根本無需藉助咒語以及任何媒介，就能夠憑空生出。

巨雞毛絨絨的身軀閃避不及，硬是被燒禿了一塊。此舉徹底惹怒了這隻龐然大物。

手指在空中沿著某個圖形一畫，魔王臨時設下一道防護屏障立在雙方之間。

然而，在巨大雞喙的瘋狂攻擊之下，部分屏障出現細微的裂痕，要不了多久便會支離破碎。

就在屏障碎裂的同時，羅亞張開雙手使出冰系風暴，一陣挾帶冰晶的風暴襲捲而至，無數冰刃攻向巨雞的各個部位。

片刻後，怪物總算傷痕累累地倒下，砰一聲狼狽地砸向地面，無法再戰了。

情勢雖然逆轉，但這只是必然的結果，魔王的眼神沒有任何遲疑。他向來對自己的實力有信心，平常只是隱藏起來不用，並不代表什麼都不會，他不過是稍微有些懶散而已。

「夏洛特，你好了嗎？」羅亞好整以暇地回頭關注友人的戰況，發現對方正在跟小丑女僕對峙，而且顯然陷入了僵局。「白織呢？」

聽見羅亞的聲音，夏洛特猛然拉回神智，他趕緊收回劍擋在身前，小心翼翼地與小丑女僕保持一段相對安全的距離，抱歉地搖了搖頭。「對不起，我沒能保護白織，辜負了你的期望……」

「啊，我是沒什麼差啦，不過等我們救回白織，你再去對他說吧。」羅亞無所謂地挑了挑眉。

他們的談話卻引起小丑女僕的不滿，「你們就這麼篤定能夠救回——」

「救是一定會救，誰叫我不知道回學院的路，少了他們我會很困擾的。」羅亞涼涼地打斷對方，「不過在此之前，先讓我們釐清現況吧。妳口中的醫生，到底是什麼人？」

「醫生就是醫生。」

「他有什麼目的？」

「為了完成醫生的宿願，必須有大量的實驗素材。」

而他們就是所謂的白老鼠。

「說什麼醫生，充其量不過是個殺人魔吧？」比起誓言毀滅世界的魔王，這樣的傢伙更惡劣。「或許當初妳也是被那位醫生殺掉的也說不定。」

羅亞繼續碎念，完全沒察覺到古怪的氣氛開始蔓延。

伊莎貝菈的身子一震，彷彿領悟到了什麼。「伊莎貝菈是被醫生殺掉的……醫生……」她失神地喃喃重複。

「呃，妳還好吧？」羅亞終於察覺異狀。

「你，去死吧！」揚指指向少年，這就是伊莎貝菈的結論。

不知為何事情又變成這樣啦，果然他有吸引麻煩的特質，可惡，這世界果然還是通通毀滅掉算啦！魔王一臉鬱悶。

然而，就在這時，歷經一場場戰役的大廳地板龜裂四起，他似乎還聽到了不太妙的碎裂聲。羅亞厭煩地嘖了聲，終於換下漫不經心的表情。

轟然一聲巨響！

再也承受不住自身的重量，地板瓦解陷落，頓時石塊、木屑、塵埃紛飛。

失去支撐，所有人連同怪物都掉進了瞬間出現的巨大坑洞中。

怠惰な魔王の
転職条件

第八章

設定太複雜的話，有時候
很難自圓其說

How to Change Career
from Demon King to Hero

羅亞醒來時，身邊已不見怪物還有小丑女僕的身影，就連夏洛特也不知去向，只有他一人待在黑暗密閉的地下空間，頭頂上的洞微微透進一絲光亮。

他認命地爬起身，仰頭看著上方的巨大洞口。從這麼高的地方摔落竟然毫髮無傷，光是這一點，他就足以被稱為幸運之人。

羅亞低頭，將所有的注意力集中在打量四周環境上，立即發現這地方似曾相識。雖然他可以肯定自己並沒有踏足過這裡，但這房間的格局卻跟在地道盡頭發現的行刑房很相似，羅亞身上還帶著那時候摸來的手術刀。

就在這時，一道微微的亮光抓住了羅亞的注意力。他一度以為是出口，直到那微光的光暈從房內深處以蠕動的姿態，緩緩爬行到眼前。

「妳不是那個女鬼嗎？」好吧，顯然他二度見到鬼了，衝擊卻不如想像中的大，尤其是在有了第一次經驗後。

他以為鬼就是應該從床底下或是天花板現身才夠震撼，現在那隻女鬼卻不像在地道時那麼恐怖，整個身體被淡淡的黃光所包圍，表情也柔和許多。可能是不再七孔流血的關係，整個人看起來反倒有種慈祥感。

「人家才不是鬼，正確來說是一抹即將消散的靈魂。」女子的嗓音輕柔，悠遠的目光透過羅亞遙望著遠方，似乎在回憶些什麼。

「是喔，那妳慢慢消散，我還有急事，就不打擾了。」

羅亞正要轉身離去，女子立即側身擋在他面前。對方充其量只是煙霧型態的存在，並不能構成阻礙，即使如此，魔王還是止步了。

「一般人不是很害怕就是好奇我與這座古堡的關聯，而你，兩者皆無。就這樣一走了之，你之後肯定會後悔的！」女鬼的語氣理所當然，彷彿任何經過的人都應該跟她搭上幾句話，才算是完成正常的程序。

「曾經有其他人看過妳？」

「當然，在你們到來之前，有一批學生也曾經寄宿於此，不過他們大概都——」失去了所有與古堡相關的記憶。女鬼沒把剩餘的話說出口。

「是喔，那妳知道出口嗎？還有妳有沒有看到那個金頭髮的小子？」魔王明顯想敷衍了事，完全沒把對方的話放在心上，只問了自己想知道的事。

「第一個問題是知道，第二個問題則是沒看到。」女鬼好心地回答，隨即轉過頭察看，像是在尋找什麼東西，或者該說是某個人。「那名少年要是跟你在一起就好了。」

「妳是說夏洛特？」

「就是他。」女鬼點頭如搗蒜，滿臉熱切的模樣招人起疑，「我需要處男之血，他是最符合我需求的少年！」

魔王曾經聽過，某些文明當中的祭典需要處女之身來祭天，沒想到現在連處男之身也管用啦，時代果然一天天在進步。

「不過，」女鬼頓了頓，忽然將主意打到羅亞身上，「要是你同意的話，也不是不行。」

「我？」開什麼玩笑！活了五百年以上的魔王還有可能是處男嗎！「別

把歪腦筋動到我身上，而且妳找錯人了。」

「不是？」女鬼愣了愣，然後仔細打量羅亞，彷彿能藉此看出什麼端倪，

「不用在我面前說謊，我可以感覺得出來，你明明就是個處・男。」女鬼刻意放緩最後兩字的語調，加重、畫線。

「……」好吧，實際年齡為五百多歲的魔王真的就只是一個老處男。

「不反駁啦？」女鬼吃吃笑望少年逐漸鐵青的臉色，心想這小子的心思還真好猜。

「去死吧。」羅亞怎麼樣都不肯當眾承認，只好嘴上逞凶。

「人家早就死了！」女鬼睜著霧氣朦朧的大眼，涼涼地回應，接著好奇地瞅向少年，「你這人可真有趣，我是伊莎貝菈，你呢？」

「怪了，我也認識一個叫伊莎貝菈的女人。」還是個醜八怪變態女。羅亞在心底偷偷下了附註。

「你看到她了啊，所以才會掉下來嗎？」用不著對方回答，伊莎貝菈看

到羅亞不怎麼好看的臉色，就猜得八九不離十。

羅亞沒好氣給她一記「妳覺得咧」的白眼。

「我為她的所作所為向你道歉！」伊莎貝菈忽然垂下視線，彎腰行禮。

「啥？那又不是妳做的，不過就是個同名同姓的——」羅亞感到有點莫名其妙。

「不，基本上那算是我的本體。」

「我改變主意了，快給我跪下道歉，起碼要磕五、不，十個頭才行。」

「真的很不好意思吶……」女鬼乖乖地道歉，模樣像是受到家長苛責的孩子。

「話說回來，妳說的本體指的是什麼？」羅亞沒有漏掉方才她說的話。

伊莎貝菈輕輕吐出一口長氣，眼神突然變得哀傷，看起來像是要侃侃而談的樣子。

「講重點就好！」羅亞馬上補充一句，他最討厭聽那種又臭又長又騙人淚水的故事了，所以每次睡覺前他都逼迫瑟那卿講暗黑系的驚悚故事，才符合魔王的口味。例如鵝媽媽童謠就是個不錯的選擇。

「我是曾在這座古堡工作的女僕，雖然醫生是我服侍的主人，但我們陷入了熱戀。起初，我們與一般熱戀中的情侶沒什麼兩樣，醫生也時常做出浪漫之舉，只為了討我的歡心。那時候我是真心希望時間能夠停留在最美好的一刻。」思及此，伊莎貝菈嬌羞地撫著頰，嬌笑了幾聲，還在為當初的回憶而悸動不已。

我可以不要聽了嗎？羅亞扮了個鬼臉。

「但沒想到，之後一切卻變了調。」伊莎貝菈繼續以那種回憶過往的悠遠口吻述說，「我發現醫生每隔一段時間就不見人影，沒有固定周期，有時是一個禮拜、有時只隔了幾天。某天我決定跟蹤醫生來到他的密室，卻發現他竟然拿少女做人體實驗。我一下就認出來了，那些女孩都是早些時候在村莊裡失蹤的人，這件事醫生的男僕因特也知曉，但誰也不敢阻攔醫生的瘋狂行徑。不過紙終究包不住火，隨著村莊裡失蹤的少女人數日益增加，村民們的憤怒也越漸壯大，終於，怒火延燒到了古堡，並將矛頭指向因特——」

「等等，」羅亞舉手打斷故事，「這關因特什麼事啊？就像妳說的，醫生才是幕後的元凶不是嗎？」因特，就是被他惡作劇畫上大鬍子的男人吧。

「那是因為因特長得太像連續殺人魔了，一臉凶神惡煞的。有時候我在工作途中偶然遇見他，也會嚇好大一跳呢！」伊莎貝菈認真地回答，羅亞的臉上頓時架下三條黑線。

——這根本是以貌取人！

「總之，因特就被失去理智的村民們打死了。」故事似乎終於要告一段落了，「我很害怕，決定要舉發真正的凶手。可是這件事被醫生察覺了，他趁我毫無防備的時候，在我的食物裡參了上百種無藥可解的毒物，所以後來我也死了。」

「那妳跟那個小丑女僕又是怎樣的關聯，請簡單說明。」見到伊莎貝菈一副又要長篇大論的樣子，素來耐性就比別人少的魔王淡淡地補充，不想把寶貴的時間浪費在無意義的事情上——雖然就廣義來說已經浪費了。

「簡單來說，她曾經是我的一部份，是仇恨、憤怒、絕望等所有負面情緒的集結體，而我是保有正面情感的那部份。」

羅亞的眉頭一挑，等著她把話接下去。

「醫生花了畢生時間，只為了完成死而復生的成就。他堅信，人死後還能有再次重生的機會。在毒死我之後，醫生感到相當的懊悔，加緊完成了人體實驗的最後步驟。雖然身體是活了過來，但那不是我，真正的我像個虛無的靈體在外飄盪。」女鬼悠悠說道，「你所看到的我就像缺了一角的碎片，不是完成品。只要有處男之血，就能讓那個只有負面情感的我與身為靈體的我融合，我的靈魂才得以完整。」

說到處男二字時，伊莎貝菈兩眼期盼地望向羅亞。「所以你終於願意幫我的忙了嗎？」

「……既然妳只是單純想要處男之血，當初幹嘛裝成那副鬼樣子，用說的話對方興許會同意？」別人他不敢肯定，但如果是夏洛特，說不定會哭著答應幫忙。

羅亞是這麼認為的，畢竟立志要當勇者的傢伙，通常都不太會拒絕別人的請求，尤其是攸關生死的請求。

「不是說人遇到恐懼的東西會做出不同以往的舉動嗎？所以人家就想嚇唬他一下，只不過反應似乎跟預期的不太一樣呢……」伊莎貝菈苦惱地撇撇嘴，似乎搞不太懂問題就是出在自己身上。

——依照這個智商和邏輯，妳沒死第二次已經很不錯了。

「所以，妳需要多少的處男之血？我只是先問問，別用那種眼神看我，我不是處男。」魔王再三強調，倔強地冷哼一聲，心裡想的卻是如果只是五百CC的話，他勉強可以提供。就當作是放掉多餘的血，順便排排毒素，有益身體健康。

「我想想。」白皙的手抵住下唇，伊莎貝菈偏頭思索片刻，然後比出了一的手勢。

「一百？」比預期的量還要少呢。

伊莎貝菈搖了搖頭。

「一千？」好像有些多，如果在短時間內流失這麼多血，即便是身為魔族之王的他，身體也可能會有點撐不住。

「都不是，我要一萬！」女鬼迫不急待地公布謎底。

「妳乾脆直接殺了我比較快。」等一萬ＣＣ抽完，他這個魔王都變成一具乾屍了。

「也是，幾乎每個人聽完都是這種反應。」伊莎貝菈垂下雙肩，無助地掩面，連連唉聲嘆氣。

他倒是很好奇天底下會有誰能有本事答應這種荒謬的要求。

這時一道低沉的嗓音響起，成為偌大空間裡的第三個聲音。

「誰在這？」

「……因特？」根據伊莎貝菈的說法，這個大鬍子男十之八九就是當初含冤而死替人背黑鍋的因特。

「你怎麼會知道我的名字？」不知從哪冒出來的因特滿臉戒備地看向少年，臉上的塗鴉痕跡猶在。

「因為——」回過頭，伊莎貝菈不知何時消失了。

「你在找誰？」因特狐疑地問，那張始終憤怒的臉龐在幽暗的光線下看起來更加陰沉。

「沒什麼，你又是從哪邊進來的？」不會是穿牆而入吧？

「門。」因特理所當然地回答，微微側身，露出他身後再明顯不過的大門。

「……」

「為什麼要幫我？」

在因特的帶領下，他們走過錯綜複雜的地道岔口，拐過一個又一個轉角，彷彿走進了永無止境的龐大迷宮。

一路上，因特始終悶不吭聲，逕自走在前頭，也不打算解釋什麼。

最後還是魔王率先打破了沉默。

「……等等我會直接帶你到出口，那裡可通往碼頭，到時候你就可以乘船離開這座島。」因特沒有正面回答羅亞的問題，自顧自地說起來。

「誰說要走的？」羅亞停下腳步，「在救出其他人之前，我是不會離開這座島的。」

因特跟著駐足，詫異地回過頭。「為什麼要如此堅持，難道你不怕死嗎？」

怕死嗎？羅亞倒是沒想那麼多，他只不過是——

「因為我不知道回學院的路。」這理由夠充分了吧，估計若是沒有其他人結伴同行，方向感為零的魔王永遠無法走上正確的歸途。

「就只是這個原因嗎……」因特無奈地苦笑一聲，隨即神情一凜，「即使如此，我還是不能放你回去。你根本就不知道醫生的可怕，永遠不要低估那男人的危險性！」

「我沒記錯的話，你不是醫生的手下嗎？你幫我，就不怕對方找你算帳？」何況，你不也正是因他而死的嗎？

「我……」因特答不上來，提著油燈的手不住地顫抖。他當然明白醫生是怎樣的男人，即便解救了一人，也無法贖清他多年來助紂為虐的惡行。

他在期待什麼？結果到頭來，罪與惡是無法分離彼此的。

「因特，你在幹什麼？」

冷不妨地，伊莎貝菈獨有的清冷嗓音在幽暗的地道裡響起，把兩人嚇了一跳。

小丑女僕不知何時現身在轉角處，來回看著羅亞與因特，起初還有點迷惑，但很快就明白發生了什麼事。

「連你也要背叛醫生？」

「伊莎貝菈……」因特慌忙擋在羅亞與伊莎貝菈之間，這種貌似要保護他的舉動讓羅亞非常不悅。他可沒柔弱到需要任何人的保護，對方還是個死人！

「妳剛剛說也是什麼意思？」因特終於從伊莎貝菈的嗓音裡嗅出些端倪。

「因為就在剛剛，伊莎貝菈也決定要背叛醫生了！」小丑女僕的語氣聽起來不像是在開玩笑，雖然表情看不出任何情緒。

伊莎貝菈爆炸般的宣言讓其他人都不曉得該說什麼才好。

「妳是認真的嗎？」伊莎貝菈成天嚷嚷著要殺了醫生，卻沒有一次成功，因特實在是搞不懂她。

「伊莎貝菈是認真的。」她隱藏在小丑妝之下的表情非常嚴肅，找不出一絲破綻，雖然沒有人看得出來。「因特，助我一臂之力吧！」伊莎貝菈朝他們的方向逐步靠近。

「伊莎貝菈妳——」對於女僕性情上的轉變，因特大感不解，然後就像腦中有什麼連結通通都串起，他瞬間領悟，「妳全都想起來了嗎？」

「都想起來了，是醫生毒死了伊莎貝菈的。這都要多虧那名少年，伊莎貝菈才能想起來！」

「我？我什麼都沒做。」逼不得以，魔王只好出聲澄清。他可能是有說了些什麼，但萬萬沒料到會導致這種結果。

一行三人繼續前進，走在一旁的兩人都沒察覺因特的心底在盤算著什麼。

他並不打算幫助伊莎貝菈除掉醫生，因為他知道那是不可能辦到的事。即使伊莎貝菈生前的記憶真如她說的那樣全數回籠，但現在的她到底能做些什麼呢？只要醫生再次對她下達指令，身為實驗體的她還是只能淪為醫生的一枚棋子。但如果真能除掉醫生，他倒也樂觀其成，藉此逃離束縛他已久的魔掌。

這時，地道盡頭出現了一扇門，羅亞頓時覺得有些眼熟，思索片刻才恍然大悟。這地方他早就來過了，是先前摸走手術刀的那間類似行刑房的詭異房間。

只不過，從走動的聲音判斷，那間房間裡目前有人，而且還不少。夾雜著痛苦的低喃聲和啜泣聲從門縫間傳出，如鬼魅般陣陣迴盪在狹窄的地道內。

羅亞上前推開門，就看見一名男人正在房間中央的工作檯前忙碌，一旁擺著幾座一人高的巨大鐵籠，而擠在裡面的正是先前失蹤的學生們，看樣子大家都是透過泡泡被傳送到了這裡。

「伊莎貝菈，妳有看到我的手術刀嗎？」醫生連頭都沒抬，雙手繼續在雜亂的工具堆裡尋找他的寶貝刀器。

一直沒等到女僕的回答，醫生終於忍不住回頭，才發現隨行的還有因特與一名少年。

「原來你們是去抓漏網之魚了？」看到羅亞，醫生只是挑起眉，然後擺擺手，「隨便啦，怎樣都好，你們有看到我的手術刀嗎？沒有那個可不行啊！」

醫生難得露出煩躁的情緒，原本硬挺的白袍也變得皺巴巴的，似乎少了他慣用的刀器，整個人都委靡不振了。

沒有那個的話……他幾乎什麼做不成啊！

因特知道那把手術刀對醫生的重要性，從他跟在醫生身邊開始，就從來沒見過對方換過其他器具，唯有那一把，是任何東西都替代不了的寶物。

現在工具無故消失，等於給了他們一個絕佳的機會！

「醫生，我也來幫忙找吧！」因特藉故要幫忙，特意靠近鐵籠，尋找救人的時機。

趁著醫生的注意力全放在找東西上頭，伊莎貝菈握著預藏的叉子悄悄摸近。醫生平時不准她拿危險的器具，但精緻的餐具她要多少有多少，簡直唾手可得。

但一連幾個刺擊都被醫生巧妙地避開，彷彿背後有雙眼睛，她的致命攻擊全都撲了空，說是巧合也太剛好了。

「伊莎貝菈……」醫生頓了頓，清清喉嚨，「妳就這麼想要殺我？」他翻找東西的雙手並沒有因此停下。

魔王好整以暇地在門邊觀察，只肯定了一件事——這個醫生遠遠沒有那麼簡單，看樣子身手不凡呢。

「醫生應該比伊莎貝菈更清楚原因！」

伊莎貝菈上前幾步，但還來不及出手，就被醫生先一步反手制住。她只能幽怨地瞪著多年前她深愛、如今只剩下恨意的男人。

「我們以前不是這樣的。」醫生以愛憐的目光凝視著伊莎貝菈。

「您是指生前嗎?那麼請務必記住,伊莎貝菈已經死了!而且醫生還是促成這一切的元凶!」

「妳全都想起來了?」醫生突然露出理解的表情,放開伊莎貝菈,「但是很可惜,我是不會讓妳如願殺了我的!」

緊接著,他低身湊近伊莎貝菈,不知道在她耳畔悄聲說了些什麼,小丑女僕立即沉下臉,充滿殺意的目光突然轉向一旁的少年。

「來吧,為了再次宣示妳對我的忠誠,殺了這名少年!」

語落,伊莎貝菈頓時性情大變,化身被囚禁多年的餓獸攻上前去。一旁的因特露出果真如他所料的表情。

羅亞下意識地倒退數步,在伊莎貝菈磨得光亮的銀叉直取他的咽喉之前,被及時趕到的因特擋住了攻勢。

「伊莎貝菈,清醒一點!別再被醫生說的話蠱惑了!」

「放手!」小丑女僕奮力掙扎,見對方還是不肯收手,又惡狠狠地開口,

「不然的話，伊莎貝菈也要視因特為敵人了！」

「連因特也起了反叛之心？算了，就一起收拾掉吧，省得礙眼。」醫生毫不顧念往日的情誼，擺了擺手說，隨意的口氣就像是要伊莎貝菈去打死一隻蟑螂。他轉身回到工作檯前，繼續尋找那把下落不明的手術刀。

「明白！」女僕立即領命，不再顧慮舊情保留實力，接下來要動真格的了。

伊莎貝菈一使勁，在因特的手腕內側留下一道怵目驚心的傷痕。她是認真的，對因特，她絕對會痛下殺手！

羅亞趁機溜到鐵籠旁邊。籠子有三座，都聚集在同一處，他的同學不分男女全都擠在了這些狹窄的空間中，就像市場上的待宰雞隻，比起被人肢解，看起來更有可能先窒息了。

「有人死掉嗎？」羅亞悄聲問道。

「一般來說，這種狀況下應該是要問大家有沒有事才對吧？」籠中傳出某人的無力吐槽。只見白織縮在角落，眼鏡都被擠得歪斜地掛在鼻梁上。

「反正意思有到就好了。」

「明明就差很多。不過，看到羅亞我還是很高興啦。好了，快救我們出去吧，我快不能呼吸了！」白織此話一出，其他人也都拚命點頭，但只敢無聲進行，深怕引起不必要的注意，他們都不想在這如狗籠般的地方多待一刻。

「嗨，羅亞……」然後是夏洛特那頭耀眼的金髮在欄杆之間晃蕩，「不好意思，我可能又要麻煩你了。」

「你不是跟我一起掉下來的嗎？」

「是這樣沒錯啦，但我醒來時就在這了。先不談這個，羅亞有看到那把鑰匙嗎？」夏洛特將一隻手臂伸出籠外，指向房間的另一端，在醫生前方的牆面上掛著一把鑰匙。「那是籠子的鑰匙。」

看著十幾雙透著期盼的眼眸，魔王有些遲疑，「是要我去拿嗎？」

那些眼睛立即爆發出熾烈的光芒，他都要被閃瞎了。

羅亞驀然有種自己從入學以來就一直在受人差遣的感覺，但還是拖著腳步離開籠子。

因特跟伊莎貝菈的戰鬥還沒有結束的跡象，兩人的實力都在水平之上，羅亞暫時看不出誰會獲勝。

對他而言，最好的結局是兩敗俱傷。雖然因特曾經幫助他幾回，但他畢竟算是醫生的幫凶，誰曉得他會不會突然哪根筋不對，又回心轉意反咬他一口。

羅亞一邊留意身旁的打鬥一邊貼著牆前進，深怕會被波及，眼睛還得牢牢盯著即將到手的鑰匙。

好不容易摸到對面牆邊，鑰匙近在咫尺，眼看即將到手，魔王卻悲催地發現自己太矮搆不到……明明就只差那麼一步了啊！

「可惡。」羅亞奮力一跳，意圖彌補身高上的差距。總算，鑰匙成功入手了，但在跳動時有個閃亮的東西從口袋落了出來。

那東西摔到地面上，發出一聲尤其響亮的金屬撞擊聲，立即引來醫生的關注。

「這不是——」醫生的聲音透出失而復得的狂喜。

羅亞搶先一步從地上撈起手術刀，理所當然地收回自己的口袋。

「我沒看錯的話，那是屬於我的東西吧？」眼睜睜看著原本失而復得的寶物再度成為別人的囊中物，醫生的表情陰沉了幾分。

「我撿到的就是我的。」魔王語氣涼涼地補上一槍。

「在別人家撿到的東西那都叫做偷，小朋友。」醫生笑了，眼底卻沒有絲毫笑意。

他決定，要將面前這個死小鬼排在實驗對象的第一順位。

「那你想怎麼樣？」羅亞的臉上不見畏懼之色。

「還我。」醫生伸出五指修長、略顯蒼白的手。

「這東西已經歸我了，可不能白白還你。」在闖進來之前，羅亞根本沒準備什麼縝密的計畫，目前也只是順著醫生的話接下去。「如果你抓得到我的話，東西就還給你囉！」

也不給醫生反應的時間，羅亞直接跳過此時在地上扭打糾纏的因特及伊莎貝菈，朝唯一的出入口全速衝去。

在衝出門之前，羅亞的腳跟微轉，回身將鑰匙高高一拋，準確無誤地落在鐵籠附近。

今天到底是第幾次經過這條地道了？魔王握住口袋裡的冰冷手術刀，在黑暗中盲目狂奔。他微微側頭，想看看醫生有沒有如自己所願地跟上來。

答案是有，卻也超乎他的預期。醫生的腳程非常人能比擬，轉眼間，兩人之間已經近到醫生只要伸手就能拉住他的地步。

在聽過發光魂體伊莎貝菈所透露的過往之後，羅亞直覺那不是近幾年才發生的事情。而且這座小島上也不像有活人活動過，既便有，那也是距今好幾十年前的事了。

但以人族的眼光來看，這位「醫生」的年紀頂多二十五歲上下，跟伊莎貝菈描述的時間點不符，可見那傢伙極有可能不是普通人，更有可能不是人。

在震驚之餘，魔王使出搶購限量商品時的過人毅力及耐力，拚了命地拉開距離。

魔族雖然有著漫長的生命，但跟其他族類一樣，只要被擊中致命部位還是會死翹翹的，永生不死在他身上並不適用。

沒有什麼方向感的魔王，幾乎是一看到轉角就轉，遇上岔路就選靠近他的那一條，結果繞了一大圈，誤打誤撞又來到一開始掉下來的地方，從天花板的大洞望出去，還能見到大廳的慘狀。

「無路可逃了吧。」醫生陰冷的聲調從身後傳來。

羅亞轉過身，瞬間領悟到自己犯了一個大錯。這個地方很明顯只有一個出入口，而且還被醫生用身體擋住了，自己已經成為了甕中之鱉。

「你就這麼想要回那把手術刀啊，它對你來說很珍貴嗎？」

「不關你的事。」醫生的神情緊蹦，冷冷地回答。

「所以我把手術刀弄壞也沒關係囉？」

「你敢！」醫生突然爆喝，嚇了羅亞一跳，完全沒料到他會有這麼激烈的反應。對方眼中的執著讓魔王覺得，他似乎把手術刀看得比自己的性命還重。

「我開玩笑的，別動怒。」懶懶地聳肩，羅亞頓了頓，試圖緩和氣氛，「不如，我們來交換一個對方可能感興趣的祕密，怎麼樣？」

「我為什麼要這樣做？」醫生被挑起的怒意很快又平息了。

「真遺憾，我本來想要把手術刀還給你的。」羅亞佯裝苦惱地說。

「你是什麼意思？」醫生瞇起眼，渾身上下散發出危險的氣息。

「我們來打個賭吧。」羅亞的目光堅定，毫不畏懼，「如果我說的祕密無法成功引起你的興趣，我就歸還你的東西。但若是你的祕密讓我覺得無趣，你就必須放我們全部的人離開。」

「有意思。」思忖片刻，醫生竟然答應了，羅亞的一席話似乎激起了他的鬥爭心。

「既然如此，那我先說吧。」羅亞絞盡腦汁，腦袋卻一片空白，直到視角邊緣闖入一道微微發亮的身影。

伊莎貝菈也在這間地下室裡，但醫生要不是沒注意到，就是根本看不見對方。

「伊莎貝菈曾經是你的戀人。但在你眼中，現在這個伊莎貝菈只是個半成品，你雖然畢生致力於死而復生的研究，卻始終無法達成復活後跟生前一致的目標，對吧？」

「這就是你要說的祕密？」真可惜，這對他來說早已是既知的事實。雖然他懷疑對方是從哪得知這件事，但想必是伊莎貝菈或是因特透露的。

「我還沒說完，我知道如何讓伊莎貝菈從半成品變成完成品，而祕密就在這個房間。」羅亞直接出賣了另一個伊莎貝菈，卻只說了部分事實，略過處男之血不談。

醫生的表情充滿了興味，特意環視一圈。「倘若你說的都是真的，那另一個伊莎貝菈在哪裡？還是說你只是在騙我，藉此拖延時間？」

「她就在這邊啊。」羅亞望向在不遠處觀望的伊莎貝菈。

「嗯？我什麼都沒看到。」醫生瞇起眼看過去，目光卻直接穿透伊莎貝菈，彷彿那裡根本不存在任何人。

「怎麼回事，他是真的沒看到？」羅亞這句話是對著伊莎貝菈問的。那時候也是，因特在這裡發現他時，反應也像是只有看到他一個人。

難道，只有他才能看見伊莎貝菈？

不對，剛下地道時，他記得夏洛特他們明明也看到了女鬼狀的伊莎貝菈，還被嚇得不輕。

「我想，」伊莎貝菈走上前來，羅亞發現先前圍繞在她周身的光芒黯淡了一些，「或許只有處子之身才看得見我。」少女魂體的語氣滿是真摯，朝羅亞露出善意的微笑。

醫生卻已經失去了耐性。這可能只是這個臭小子為了拖延時間而編出的謊言，他才不會輕易受騙上當。

他正準備說些威嚇的話，適時製造些心理壓力，卻發現對面那名少年直直看向自己身後，表情混雜著些微的訝異和困惑。

醫生還來不及轉頭，就被後面的人猛力一撞，手中的武器順勢埋進他體內，他痛得悶哼一聲。

「因特……」

「猜錯了唷，醫生。」從醫生肩後探出頭來的正是小丑女僕，陰沉的臉罩上復仇的色彩。

「為什麼是妳？因特呢？莫非妳已經可以擺脫我的指令了？」醫生震驚

不解。

論實力，因特絕對不比伊莎貝菈弱，即使最後伊莎貝菈略勝一籌，也不可能全身而退地來這裡追殺他。

「伊莎貝菈從一開始就沒被醫生迷惑，是演戲喔！」伊莎貝菈空出一手，取下一直牢牢塞在耳裡的物品——是耳塞，「伊莎貝菈早就預料到事情可能會變成這樣，所以事先做了準備。伊莎貝菈跟因特只不過是在演戲給醫生看而已。」

羅亞和醫生同時面露訝異，前者是沒想到這兩人早就串通好，卻沒有知會他這個勉強算是共犯的第三人；後者則是沒想到平常看似沒交集的雙方，竟然培養出這種默契。

「不過，以為這樣就能殺了我，可就大錯特錯了！」

醫生的臉上滿是異樣的自信，只見他展現驚人的柔軟度，反手將背後的短劍拔出，過程中卻沒有濺出一滴血。

短劍確實有刺入體內，但所造成的傷害只不過是襯衫被劃出一道裂口，醫生還是好端端地佇立在原地，不像是傷重之人。

「怎麼會……」

伊莎貝菈不敢置信地喃喃自語，還沒從失手的打擊中回過神，就猝不及防地挨上一刀，腥紅的血液從口中湧出。片刻後，她無力地癱軟在地，雙眼仍舊困惑地眨著，彷彿不明白為什麼快死的人是她而不是醫生。

看來，她又得死一回了。

「我不是說了嗎？想殺我，根本從一開始就大錯特錯！」醫生無情地對上伊莎貝菈茫然的視線，「我已經不是妳多年前愛上的那個只專注在醫學上的男人，而妳也不是我愛的那個純真可愛的女僕。現在就讓我了結多年來的……你在做什麼？」

羅亞也不知道自己是哪條神經不對勁，一回過神，身體就自動擋在伊莎貝菈前方，雙臂張開，像是要保護身後的雛鳥。

「想當英雄？別忘了，你在保護的可是一個心狠手辣的女人！」醫生一步步逼近。

「誰說我要當英雄了？更何況我還是魔——」羅亞及時打住，現在可不是自曝底細的好時機。

「魔什麼？」

「模範的好學生。所以你不准再過來了，不然我可就要——」他是不是忘了他還有一個籌碼？

「就如何？」醫生顯然不把羅亞的威脅放在心上。

「就把它折彎。」為了證實自己所言不虛，魔王唰地從口袋中取出那把異常銳利的手術刀，像盾牌般舉在身前，不讓醫生有機會靠進。

醫生止住腳步，「你知道，如果手術刀變成廢鐵，你就失去了跟我談判的資格，我隨時都能殺了你！」

「是嗎，那如果這樣呢！」話音落下的同時，羅亞將手術刀朝自己的虎口一劃，頓時出現兩公分長的傷口。鮮血形成涓涓細流沿著手肘流淌而下，而滴落的血液匯集之處，正是伊莎貝菈。

醫生皺起眉，不明白他到底想幹嘛。

伊莎貝菈絕望的臉龐染上了羅亞的血，死氣沉沉的雙眼忽然多了光采，象徵復仇的小丑妝容也逐漸褪去，還給她生前那我見猶憐的清麗臉蛋。

以血作為媒介，兩個伊莎貝菈終於合而為一，雖然仍是死人，但加諸在身上的禁錮已然解除。現在她的不再是一顆任人宰割的棋子，而是擁有自我意識的獨立個體。

「你成功了，處男少年！」伊莎貝菈驚喜地眨著眼，彷彿不敢相信這是真的。當初醫生為她動復生手術時，不知是哪個環節出了差錯，讓靈魂一分為二。如今，她終於找回了完整的自己。

「不要加上處男！」魔王暴跳如雷，「妳不是說要一萬ＣＣ嗎？怎麼才幾滴就成功了？」流出的血量比他原本預期的還要多，羅亞的臉色有些蒼白。

「我有這樣說過嗎？」伊莎貝菈開始裝傻，「可能只要幾滴就夠了吧，嘿嘿！」

伊莎貝菈突然意識到，現在高興可能還太早了，她低頭望向腹部的傷口，幸好傷痕不深，血已經不再大量湧出，但還是沒有改變她處於劣勢的事實。

「伊莎貝菈，妳怎麼……」醫生既震驚又困惑，但隨即恍然大悟，「原來我缺少的素材就是處男的血，所以實驗的結果才會一直陷入膠著嗎？」

「我改變心意了。」醫生的臉色瞬間陰冷幾分，「手術刀我要搶回來，你我也要得到手！」

——現在是什麼情況！這年頭處男比魔王還要稀有嗎?!

「我可沒有那種嗜好，麻煩你去找別人好嗎？」

「你就是我一直在尋找的實驗素材。」醫生一臉惋惜，像是尋找很久的事物，最後才發現其實近在咫尺，「我真笨，要是能早點發現的話，就不會失敗那麼多次了！」

「誰管你那麼多，要找實驗素材的話去地獄找吧你。」魔王不怕死地反嗆，果斷地扔下負傷的伊莎貝菈衝向唯一的出口。

但指尖還沒碰到門，一道身影瞬間出現，像堵堅實的牆面矗立在羅亞的面前，彷彿一直都待在那裡沒有移動過。

「你怎麼——」羅亞回頭一看，赫然發現原本在他身後的醫生竟然在瞬間移動到眼前。一個人族怎麼可能會有如此驚人的能力？

「很吃驚吧。」醫生擅自將羅亞不解的神情解讀成驚訝，「如你所見，我並非普通人，起碼不是世人所認知的『人』。」

「你到底是什麼人？」或者該說，是什麼怪物？

「在一次極為偶然的情況下，我遇到非常不尋常的素材。」回想當時的情況，醫生的內心升起一絲異樣的騷亂，「你應該知道魔族吧？他們生來就是與眾不同的強大種族，而我只是普通的人族，於是我嘗試做了實驗，試著把魔族的血液注入自己體內。為了不讓身體產生排斥反應，我做了很多努力。轉換的過程雖然痛苦，但結果就像你所看到的，非常成功。」

「但是你並不會因此變成魔族。」羅亞冷冷地指出，有些好奇他是從哪裡弄來魔族的血。如果這傢伙傷害了他的族人，那他絕對饒不了他。

「我也不會只是可悲的人族！」

「你知道嗎？現在的你什麼都不是。」

他還是第一次聽到有人寧願使用如此詭異的方式也要成為魔族。人族的生命雖然短暫，但在自己漫長的歲月中，他從來不覺得長壽是什麼恩賜，反倒像是一種詛咒，如影隨形地纏著自己，必須時刻忍耐孤單的痛苦。

「閉嘴，你什麼都不懂！」

醫生喉間湧出低吼，面目倏地猙獰扭曲，像是忍受著極大的痛苦，接著他往前一撲。

羅亞無預警地被醫生的銳利指甲抓破了手臂，急忙往後拉開彼此的距離。

旋繞在醫生周圍的氣息忽然變得危險，男人像發了狂，手成爪狀，一次又一次地朝少年揮抓下去。

在羅亞看來，醫生既不屬於魔族，也非人族。將不同種族的基因硬是攪合在一起，只會成為像醫生那樣喪心病狂的怪物。

醫生敏捷的身形一動，高高躍起，向下疾撲發動攻勢。

才一眨眼的時間，羅亞的身上就多出了大小不一的傷口。但身為魔王，他當然不可能甘於劣勢。

在醫生使出下一波攻擊之前，羅亞搶先一步瞬間移動到破洞天花板的正下方。

他貴為一族之王，當然比任何人都了解他們這個長期棲息在暗黑大陸上的種族。魔族其實不像外界認為的是接近完美的種族，在他們的基因裡有著致命的缺陷。

他在等待一個良機，等待最強烈的日光——日正當中的陽光。

醫生敏感地察覺到氣氛有異，只是低伏身子低嚎，沒有上前。

「難道你不想要回手術刀了？」羅亞晃了晃手術刀，將手中的物品當成了誘餌。

「不要以為我不知道你在打什麼如意算盤！」被怒火沖昏頭的醫生顯然還保有一絲理智，咧開嘴咆哮道。

「好吧，手術刀你不要的話，我留著也沒什麼用處。」

羅亞一轉手腕，刀尖朝下地鬆開手。手術刀筆直往下墜落，再怎麼好的刀子，刀鋒只要鈍了，就跟廢鐵無異。

醫生自然無法眼睜睜看著寶貝的手術刀受損，他拋下顧忌，衝到天花板的大洞底下，伸手想奪回自己的手術刀。

此時的太陽已經爬升到了天頂，透過大廳的天窗斜射進古堡內部。羅亞快醫生一步，反手握住手術刀的刀柄，手腕翻轉，迅速將刀面朝上。金屬表面反射日光，形成一道強烈的光束直直射進醫生眼裡。

醫生慘叫一聲，踉蹌地後退數步，緊緊捂住雙眼。

羅亞趁機刺出手術刀，深深埋入醫生的腹部。

普通的物理攻擊對魔族起不了太大的作用，但羅亞先是利用強光削減了醫生的防禦能力，才能造成傷害。

沒錯，所謂的魔族基因缺陷，正是嚴重的懼光。強烈的日光，能輕易削減魔族的能力，甚至產生致命傷害。

別看魔王像個普通人般在大太陽底下隨意走動，事實上，他的皮膚已經預先抹上了特製的保護膜，才能防止陽光侵入。

暗黑大陸的陽光沒有外界那麼強烈，魔族也能跟其他族類一樣在日光底下行動。但一旦遇上外界那種炙人的陽光，魔族就會暴露在危險之中，所以才發明出以魔法材料特別調製而成的保護膜。

此時，在古堡的地下室中，醫生只留下了一灘血汙，連同手術刀一起消失了。

在失去意識之前，羅亞才猛然想起，站在強烈陽光下的自己也是名貨真價實的魔族，而且還是純種。順帶一提，在第一次與人合宿的情況下，他完全忘記要塗防護膜這回事了。

怠惰な魔王の転職条件

尾聲

How to Change Career
from Demon King to Hero

羅亞醒過來時，發現自己躺在回程的船隻上，身旁是夏洛特他們幾個，遠處則聚集了古堡組的所有新生，以及來接他們返回學校的兩名導師。其中一位他沒見過，而另一位正是臭著一張臉的班級導師米諾。

身下是硬梆梆的床墊，再加上上一位躺過的人殘留的汗臭味，讓羅亞忍不住呻吟出聲。

「羅亞，你醒啦？怎麼樣，有哪裡不舒服嗎？」夏洛特是第一個注意到羅亞醒過來的人，他傾身湊近，滿臉憂心地問。

羅亞還在狀況外，完全不知道醫生消失後發生了什麼事，而導師怎麼又會在這裡。不過，他現在急需確認一件事。

「這是你的傑作？」他的目光落在左手上被包紮得宛如加農巨砲的不明物體。

在那團布料之下的，應該是他的手無誤。

「我們發現你的時候，你的手流了好多血，所以我就拿床單來應急，結果一不小心就變成這樣了。」夏洛特想到當時的情景，還是滿心驚懼。

當下，他真的以為羅亞死掉了，他絕對不容許那樣的事情發生。

「關於這次的新生訓練，負責監督你們這組的導師沒看到你們出現，調查後才發現你們搭的船有問題。不知道是誰竄改航線的目的地，把你們帶到了錯誤的地點。」

米諾才稍作停頓，眾人已經忍不住交頭接耳地議論起來。直到現在，他們還是不明白對方的目的是什麼，就連直接和醫生對峙的羅亞，後來也沒有搞懂。

「既然你們一開始就往錯誤的方向去了，」米諾繼續往下說，「原本準備的指令和關卡都沒有用到，所以你們得過去重新完成！」

眾人不禁色變。

「等一下！」白織舉手抗議，「其他組別都沒有被送到奇怪的地方去嗎？不會只有我們吧！」

「很可惜，」米諾勾起一個壞心的笑容，「似乎只有你們這組發生這種突發狀況，其他組的新生訓練都順利結束，而且正在回程的途中了。」

這番話無情地敲碎了某些人的最後一絲希望，看來是沒有藉口能逃避了。

「你還好嗎？有那裡不舒服的話要講喔！」夏洛特完全沒有理會周遭的騷動，注意力全在羅亞身上，彷彿他是什麼易碎物品。

「死不了。」羅亞淡淡地說，接著卻注意到少年欲言又止的表情，「怎麼了？」

「有一件很奇怪的事情。」

「怎麼說？」

「除了我們幾人之外，其他人一概不記得小丑女僕還有大鬍子男的事，連見到醫生的部分也都記憶模糊，這也太奇怪了吧。」

「嗯，確實。」羅亞不能否認。

不論是古堡、自稱醫生的男人，還是伊莎貝菈他們，這一連串的事情就像一團巨大的謎霧，不管從哪個角度來看，都找不到脈絡可循。

思考一向是他不拿手的事情，羅亞卻有種預感，以後這種麻煩事還是會不停找上門。而且，他更有種他們是照著別人計畫好的劇本出演的感覺。肯定是有誰在計畫著什麼陰謀，至於目的是什麼，他現在還想不到。

這時候，若是有人可以問問就好了。

「你們在說什麼本皇女不知道的事嗎？」菲莉蕬也想過來插上一腳。

「說了妳也不懂。」羅亞嫌棄地瞥了她一眼。

「嗚，怎麼這樣啊……」菲莉蕬抽了抽嘴角，難過地垂下獸耳，整個人頓時顯得無精打采。

「沒關係，菲莉蕬，反正齊格跟我也被排除在外啊，配角就是拿來襯托主要角色的背景而已。」蒔鬼試圖安慰獸人女孩，卻讓對方的情緒更加低迷。

「阿蒔，我覺得除非必要，你還是不要亂說話好了。」齊格汗顏地發表感想。

遠方，在古堡某處，醫生拖著笨重的身軀一步步拾階而上，想回房幫自己緊急縫合。傷口雖不淺，但靠著魔族的治癒能力和他精湛的技術，這點小傷根本難不倒他。

「可惡！那個死小鬼到底是何方神聖？似乎很了解魔族的樣子，難道他也是魔族？不、不可能！下次再碰到他，一定要將他碎屍萬段！還有伊莎貝菈跟因特，敢背叛我的傢伙一個都別想逃！」

一路上，醫生罵個沒完，情緒起伏極大，似乎陷入了復仇的漩渦。

滿腦子只想著下一步該怎麼走的醫生，完全沒料到會在房門外碰見一名青年。

青年的臉大半被兜帽的陰影覆蓋，看不真切。醫生從來無法確定此人的年齡，但從走路的姿態和身形來看，他直覺認定對方相當的年輕。

「需要提供更多的魔族血液嗎，醫生？」

醫生愣了愣，謹慎地回答：「那當然是再好不過了！」

現在純種的魔族不易捕捉，醫生當初注射的是混種魔族的血液，所以每隔一段時間就得為自己注射新的魔族血液，才能維持現在的青春樣貌。

不過，魔族的血液不好取得，他的貨源全來自眼前這名青年。某一天，青年就這麼主動找上門，為他提供源源不絕的魔族之血。

「比想像中還要狼狽呢。」青年的嗓音冷淡，醫生知道，對方不含任何情感的目光正審視著自己。

「……你到底想說什麼？」

「我接到一道指令。」

「什麼？」

「想要我們繼續提供魔族血液的話，就要付出一點代價。」

「我都有付錢！我可不記得有欠過你們什麼！」醫生怒道。

青年是「幕後者」的中間人，醫生不知道那些人是何方神聖，只知道他們在交易過程中從不現身，只派遣青年處理一切。不是看不起他，就是即使他殺了青年，那些人也能派人收拾他，那些「幕後者」就是有著這樣的自信。

「這次，我們不收錢，你只需要替我們辦一件事。」青年的語氣雖然斯文，字裡行間卻夾雜著一絲強硬，醫生知道他沒有拒絕的權利。

「什麼事？」

「潛入這裡，然後聽候我們的指令行事，只許成功不許失敗。」

青年遞過一張地圖，醫生抬起虛弱的手接下一看，上面畫的叉叉應該就是此次潛入的目標。

但「幕後者」為何不派自己的人去？疑惑才剛升起，醫生便馬上拈熄，他是個識趣的人，懂得什麼時候應該閉緊嘴。

「這是哪裡？」醫生終於抬眼看向青年。

「一所專門培訓勇者的教育機構。」

青年的嘴角扯出一抹上揚的弧度。

在那裡，有他們要找的東西。而那個人，也理所當然地會在那裡吧。

——《怠惰魔王的轉職條件02》完

高寶書版集團
gobooks.com.tw

輕世代 FW323
怠惰魔王的轉職條件02

作　　者　雪　翼
繪　　者　泱泱大國
編　　輯　林雨欣
美術編輯　林鈞儀
排　　版　彭立瑋
企　　劃　方慧娟

發 行 人　朱凱蕾
出　　版　英屬維京群島商高寶國際有限公司臺灣分公司
　　　　　Global Group Holdings, Ltd.
地　　址　臺北市內湖區洲子街88號3樓
網　　址　www.gobooks.com.tw
電　　話　(02) 27992788
電　　郵　readers@gobooks.com.tw（讀者服務部）
　　　　　pr@gobooks.com.tw（公關諮詢部）
傳　　真　出版部　(02) 27990909　行銷部 (02) 27993088
郵政劃撥　50404557
戶　　名　三日月書版股份有限公司
發　　行　三日月書版股份有限公司/Printed in Taiwan
初版日期　2020年2月

國家圖書館出版品預行編目(CIP)資料

怠惰魔王的轉職條件02 / 雪翼著.-- 初版. -- 臺北市：高寶國際, 2020.02-
冊；　公分. --

ISBN 978-986-361-786-0(第2冊：平裝)

863.57　　　108021888

三日月書版

三日月書版

GOBOOKS
& SITAK
GROUP ©

GOBOOKS
& SITAK
GROUP©